Armin Pongs

Die Welt in meinen Augen

Reiseerzählungen

DILEMMA
VERLAG

Für Karin und Karlheinz

ISBN 3-9805822-0-5

Montgelasstrasse 8, 81679 München
Fon: 089/ 99 80 79 11
Fax: 089/ 99 75 07 23
Homepage: http://www.dilemma-verlag.de
E-Mail: kontakt@dilemma-verlag.de

Homepage: http://www.podium24.de
E-Mail: info@podium24.de

Layout: Gergely Szabolcs
Druck: Druckkollektiv, Gießen
Printed in Germany

Inhalt

Vorwort	7
Tod in Varanasi	11
Geboren auf Ukerewe	27
Bluthochzeit in Quito	47
Lenin in New York	57
Ali Baba und die vierzig Gerber aus Fès	69
Der Himmelsbote von Jerusalem	85
Die Holzvampire von Hunedoara	103

Vorwort

Die Geschichten des vorliegenden Buches basieren auf Begegnungen, die ich auf meinen Reisen hatte.

Mit vierzehn Jahren war ich zum ersten Mal alleine mit dem Fahrrad unterwegs. Mosel und Rhein waren Stationen dieser Reise. Es folgten Fahrradtouren nach England, Österreich und Frankreich, durch Spanien, Portugal, Griechenland, die Türkei und Tansania. Im Rhythmus der Pedale bewegte ich mich durch fremde Welten, das Fahrrad erleichterte mir den Kontakt und die Menschen begegneten mir aufgeschlossen und neugierig. Ich erfuhr eine großzügige Gastfreundschaft, die ich bis dahin nicht gekannt und auch nicht erwartet hatte.

Weitere Reisen führten mich durch Indien, Ecuador, die USA, Mexiko, Rumänien, Ungarn, Slowenien, Kroatien, Polen, Marokko und Israel. Mittlerweile ließen sich Abenteuer aus dreiunddreißig Ländern erzählen.

Ohne die Unterstützung meiner Eltern hätte ich diese Reisen nicht machen können. Deshalb widme ich ihnen dieses Buch. Danken möchte ich meinem Vater, dass er mich zum Reisen ermutigte und meiner Mutter, dass sie mich trotz ihrer Ängste und Sorgen immer wieder in ferne Länder aufbrechen ließ.

Auf den Reisen, die diesem Buch zugrunde liegen, begleiteten mich Christoph Hünnekes, Uli Jansen, Elmar Schmitz, Frank Eßers, Karsten Tschaepe, Carmen Eller und Ethel Pongs. Ich danke allen Menschen, die mir Einblicke in ihr Leben gaben. Viele ihrer Erzählungen sind in die Geschichten eingeflossen.

Hervorheben möchte ich Kai Seidenhefter, der mir in Pushkar die Augen für die politischen und sozialen Zusammenhänge Indiens öffnete. Danken möchte ich ihm für die ungezählten Gespräche in den vergangenen fünfzehn Jahren. Ich danke Paulina Flores, mit der ich zum Mittelpunkt der Erde reiste. Gerne denke ich an den gemeinsamen Besuch einer Ausstellungseröffnung zurück, bei der ich Oswaldo Guayasamin, einen der großen Maler Lateinamerikas, kennen lernte. Auf dem Weg nach Salasaca in Ecuador traf ich Richard Sanford aus New York. Nach den Anschlägen am 11. September wohnten meine Frau Ethel und ich in seinem Apartment in Brooklyn. Es war unsere letzte gemeinsame Reise. Ein dreiviertel Jahr später starb sie an Krebs.

Ich danke den Leitern der Goethe-Institute in Rabat und Tel Aviv, Dieter Strauss und Hans-Jürgen Nagel, deren Einladungen die Fahrten nach Fès und Jerusalem überhaupt erst möglich machten. Unvergessen ist die Begegnung mit der Soziologin Fatima Mernissi in Rabat. Rumänien ist in den letzten Jahren zu meinem Steckenpferd geworden. Ich habe das Land als Tourist, Journalist und Referent besucht. In Cluj lernte ich auch Carmen Eller kennen, der ich für ihren großen Einsatz bei der Ausarbeitung der Geschichten danke.

Für technische Hilfen danke ich Guido Sieber und Michael Dempfle sowie Alexander Wiegand. Ferner möchte ich Steve Skaith danken, der mit seiner Musik die Geschichten auf zwei Lesereisen durch Deutschland, Österreich und die Schweiz begleitete.

Ganz besonders danke ich Elena Alvarez, die ich auf einer literarischen Reise kennen lernte. Ohne ihr Lektorat wären die Geschichten nicht so wie sie sind.

Armin Pongs, München, 12. August 2005

STATE BANK OF BIKANER AND

Tod in Varanasi

15. August 1989

Es stinkt. Auch ganz oben auf dem Minarett der Moschee Jama Masjid rieche ich es noch: Curry, Urin und Kuhdung. Nach dem Monsun ist es unmöglich, angenehme und unerträgliche Gerüche auseinander zu halten. Arm und Reich sind in Delhi dagegen klar getrennt: großzügig angelegte Prachtstraßen in der Neustadt, enge Gassen mit verfallenden Häusern in der Altstadt.

Ich bin einundzwanzig und es ist meine erste Reise außerhalb Europas. Von dem kleinen kreisförmigen Balkon des Minaretts beobachte ich, wie unter mir Menschen aus allen Himmelsrichtungen zur Moschee eilen. Hinter mir knackt es. Ich drehe mich um. Die Stimme des Muezzins dröhnt so stark in meinem Ohr, dass es mich beinahe über das niedrige Mäuerchen hebt. Das Mittagsgebet. Ich halte mir die Ohren zu und eile die Stufen nach unten auf die Straße, wo ich in einen Kuhfladen trete und noch lange von einem Fliegenschwarm verfolgt werde. Das Regenwasser hat Fäkalien aufgeschwemmt, die unter der Mittagssonne einen bestialischen Gestank entwickeln. Ich drücke mir ein Taschentuch fest vor Mund und Nase und halte das nächste Sammeltaxi an. Mir wird schlecht und ich zwinge mich, flach durch den Mund zu atmen, in der Hoffnung, mich nicht erbrechen zu müssen. „Um Indien zu verstehen, musst Du es riechen“, sagt eine Stimme neben mir, es ist ein junger Mann mit Bart, langen blonden Haaren und glasigen Augen. Obwohl er kaum älter als dreißig sein kann, hat er eingefallene Wangen und eine fahle Hautfarbe. „Ich habe mich inzwischen an diesen eigenwilligen Geruch gewöhnt“, sagt er und sinkt in die geblümten Bezüge der Rückbank.

Auf der Straße herrscht ein einziges Drängeln und Schieben. Fahrradrikschas und schwer beladene Kulis kämpfen sich durch das knöcheltiefe Wasser, das aufgrund fehlender Kanalisation nur langsam abfließt. Wir kommen nur im Schritttempo durch den Verkehr. „Ein weises Sprichwort lautet: In Indien riecht alles, nur die Rosen nicht“, sagt er. Ich lache. „Ich heiße übrigens Jesús.“ Er legt die Handflächen zusammen und berührt mit den Fingerspitzen seine Stirn, wie es in Indien zur Begrüßung üblich ist. „Jesús Jacinto. Ich bin aus Madrid. Meine beiden älteren Brüder sind Jesuiten. Ich auch.“ „Was machst Du hier?“, frage ich. „Ich habe vier Jahre an einer Missionsschule unterrichtet. Eigentlich hätte ich jetzt Urlaub und könnte nach Hause fahren.

Aber ich werde meine Eltern nicht mehr sehen." Seine Worte sind mir ein Rätsel. Ich wage aber nicht, nachzufragen.

Als unser Taxi im Schlamm stecken bleibt, steigen wir um in eine Motorrikscha. Wir wollen beide zum Bahnhof. Der Rikschafahrer ist ein sehniger Sikh mit safrangelbem Turban. Um zu verhindern, dass er uns zu allen befreundeten Teppichhändlern der Stadt fährt, lasse ich ihn auf die Göttin Kali schwören. Nur so bringt er uns auf dem kürzesten Weg zum Bahnhof. Er hebt die Hand und braust los. An der nächsten Straßenkreuzung zupft mich ein Kokosnussverkäufer am Ärmel. Hinter ihm wirbt ein Junge für seine Softdrinks: „Limca, Goldspot, Thumps up, Campa Cola, Chaaaaaiiiii!", schreit er unangenehm nahe an meinem Ohr und fährt mit einem Blechlöffel über die gerippte Oberfläche einer Glasflasche.

Auf der anderen Straßenseite hat ein Zahnarzt seine mobile Bordsteinpraxis aufgebaut. Als wir vorbeifahren, zieht er einem vor ihm hockenden Patienten einen Zahn. Auf einem ausgebreiteten Tuch liegen abgewinkelte Zangen, Metallstäbe mit Greifern, die rostig sind, Spritzen und Gebisse neben Backenzähnen aller Formen und Größen. Ein Gummiband zum Festbinden und

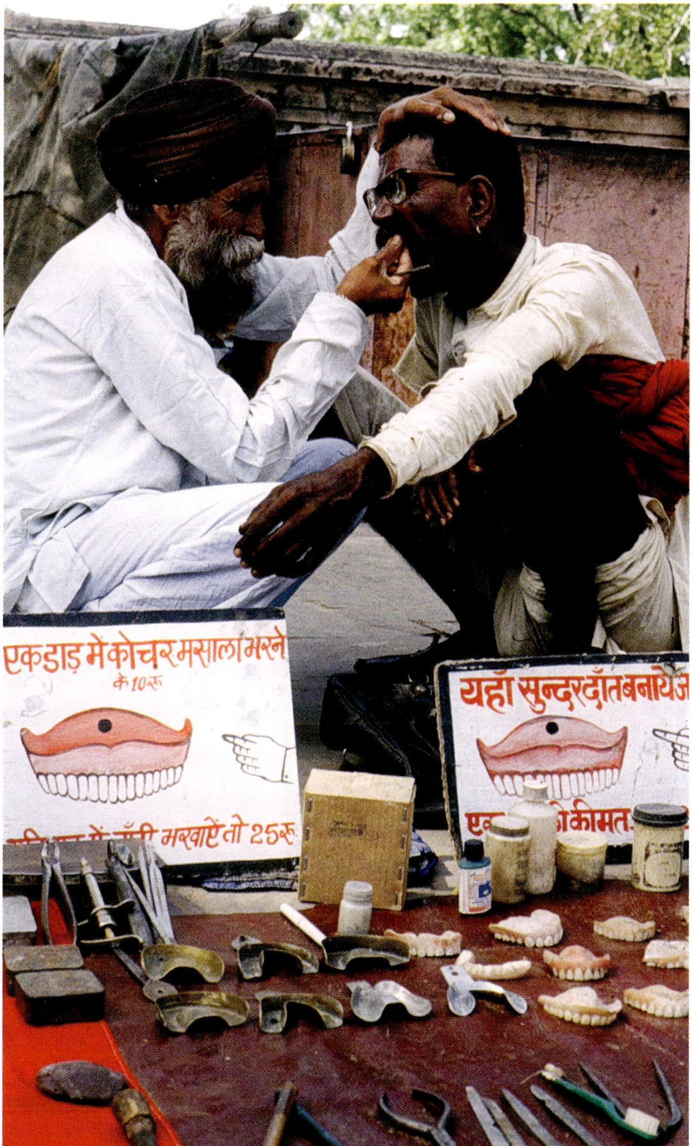
एकडाड़ में कोचर मसाला भरने
के 10रु.
भरवाऐं तो 25रु.
यहाँ सुन्दर दाँत बनाये
कीमत

ein Schleifstein neben Skalpellen, die aus dem Zweiten Weltkrieg zu stammen scheinen. Zum Glück habe ich keine Zahnschmerzen.

Im Bahnhof von Delhi kaufe ich noch Chapatis, bevor unsere Dampflok abfährt. Der Zug ist zum Bersten voll und auf dem Bahnsteig warten noch Hunderte. Wir haben Tickets für die klimatisierten Zugabteile der ersten Klasse. Durch die getönten Fensterscheiben sehen wir Landschaften und Menschen an uns vorbeiziehen.

„Weißt Du, welcher Tag morgen ist?", frage ich Jesús. Er schaut auf die Uhr. „Morgen ist der 15. August." „In einer Viertelstunde ist Indien zweiundvierzig Jahre unabhängig", sage ich und ziehe ein Buch aus meinem Rucksack. „Kennst Du 'Um Mitternacht die Freiheit'?" Er schüttelt den Kopf. „Dieses Buch ist der Grund für meine Reise nach Indien. Es ist fesselnder als ein historischer Roman und beschreibt den Kampf Mahatma Gandhis gegen die britische Kolonialherrschaft. Übrigens ist Gandhi immer dritte Klasse gefahren."

„Bist Du eigentlich Katholik?", fragt mich Jesús unvermittelt. „Nein, nicht mehr", antworte ich. „Du bist aber auch kein Atheist?" „Nein, auch nicht." Er schaut mich ernst an. „Atheist zu sein, ist das größte Unglück in Indien. Was bist Du dann?", hakt er nach. „Jeder Mensch hat seinen eigenen Zugang zum Göttlichen.“ „Wie bitte?“ „Das hat Mahatma Gandhi gesagt. Ich kann es auch so sagen: Ich bin Student und auf der Suche.“ Jesús betrachtet mich neugierig: „Und was hast Du gefunden?“ „Wichtig ist nicht so sehr, was ich finde. Wichtig ist, dass ich auf Reisen bin. Ich will die Welt mit meinen eigenen Augen sehen.“

„Kennst Du das Dach der Welt?“, fragt er dann. „Nein, nie davon gehört. Wo soll das sein?“ Er zeigt mir ein Foto aus Kaschmir. „Ich habe dort auf dem Dal-See in einem der Hausboote gelebt, die während der Kolonialzeit von den Engländern gebaut wurden.“ Der Grund seiner Reise nach Kaschmir erstaunt mich. „Ich habe in Srinagar nach Spuren Jesu Christi gesucht“, sagt er langsam und seine Augen sind auf einmal ganz klar. „Du meinst Jesus von Nazareth, der in Jerusalem ans Kreuz geschlagen wurde?“ „Natürlich, nur dass er eben nicht gekreuzigt wurde, sondern über Afghanistan nach Kaschmir flüchtete, um dort das Evangelium zu verkünden.“

In diesem Moment kommt der Schaffner ins Abteil. Da wir die Landesgrenze nach Uttar Pradesh überschreiten, verändern sich Sprache und Schrift auf dem Fahrschein. „Ich liebe Schaffner. Sie fragen nicht, woher Du kommst.

Sie fragen lediglich, wohin die Reise geht", sagt Jesús. „Und wohin geht Deine Reise?", frage ich. „Ich will nach Varanasi." „Was willst Du dort?" „Sterben!" „Was?" Ich erschrecke. „Ja, in Varanasi endet meine Reise." Ich weiß nicht, was ich sagen soll.

Bevor ich mich schlafen lege, frage ich noch: „Hast Du ihn eigentlich gefunden?" „Wen meinst Du?" „Na, Jesus von Nazareth." „Natürlich habe ich ihn gefunden. Er verkauft Mützen in Srinigar." Er zeigt mir ein Foto von einem alten Mann mit rötlichem Bart, der bunte Häkelmützen in seiner Hand hält. Ich muss lachen. „Weißt Du übrigens, was Gandhis letzte Worte waren?", frage ich dann. „Nein", sagt er. „Was denn?" „Wo ist meine Brille?" Er lacht lange und ich schlafe bald ein.

Noch vor dem Morgengrauen erreichen wir Varanasi, die älteste Stadt Indiens. Wir steigen aus. „Lass uns zu den Ghats gehen", sagt Jesús. „Das morgendliche Schauspiel am Ganges musst Du einfach erlebt haben." Ich folge ihm. Über den Häusern weht der Rauch von Scheiterhaufen. Auf dem Weg zu den Treppen des Ganges müssen wir einer Prozession von Leichenbahren ausweichen. „Bei Sonnenaufgang versammeln sich die Gläubigen am Ufer des Ganges", erzählt er mir. „Warum?", frage ich. „Sie beginnen den Tag mit einem

rituellen Bad und hoffen, das schlechte Karma abzuwaschen, das sich im Laufe vieler Leben angesammelt hat. Menschen kommen hierher, um zu sterben. Sie hoffen auf Erlösung aus dem ewigen Kreislauf der Wiedergeburten.“ Für einen Jesuiten kennt er sich mit dem Glauben der Hindus sehr gut aus, denke ich.

Varanasi sei eine sterbende Stadt, hatte man mir gesagt. An den Badestellen jedoch dominiert das Leben über den Tod. Ein Sadhu, ein heiliger Mann, sitzt umringt von Pilgern unter einem Sonnenschirm. Ein anderer verkauft potenzsteigerndes Pulver, das in Phallusform auf Messingtabletts aufgetürmt ist. Die heiligen Männer geben Rat gegen Geld, verjagen böse Geister mit Pfauenfedern und verteilen Asche auf sorgenvolle Gesichter. „Einige Sadhus sind Medizinmänner, andere Zauberer“, sagt Jesús.

Wir steigen in ein Ruderboot. Als wir auf dem Fluss sind, treiben aufgeblähte Büffel und Baumstämme an uns vorbei und ein aufgedunsener Menschentorso, an den sich eine große Schildkröte klammert. Der Gestank liegt wie ein Fluch auf dem Wasser. „Warum ist diese Leiche nicht wie alle anderen verbrannt worden?“, frage ich. „Leprakranke werden in ein Tuch gewickelt, mit einem Stein beschwert und im Ganges versenkt. Diese

Arbeit erledigen Bootsleute." Ich schaue verstohlen, ob unser Steuermann Steine dabei hat.
Die Gläubigen stehen bis zum Hals im Wasser, beten, waschen sich, einige trinken sogar aus der Kloake. Kinder spielen im trüben Wasser. Fäkalien und Industrieabfälle sprudeln aus verrosteten Abflussrohren ungefiltert in den Fluss. Auf der Wasseroberfläche hat sich gelblicher Schaum gebildet.
Als wir ans Ufer zurückkehren, sitzt vor uns ein Sadhu im Schneidersitz auf einer Felsplatte. Er lächelt, als er uns sieht, macht das Peace-Zeichen und sagt: „Körperliche Liebe dauert nur fünf Minuten. Die Liebe zu Gott ist ewig."
Ich sehe Menschen, die unter aufgespannten Sonnenschirmen auf den Treppen sitzen, die zu den Badestellen führen. Mein Blick fällt auf einen entstellten Mann. Sein ganzes Gesicht ist mit knollenartigen Wucherungen übersät. „Was fehlt diesen Menschen?", frage ich. „Sie haben Lepra, Tuberkulose, Syphilis, Typhus, Cholera und zahllose andere Krankheiten, für die wir noch nicht einmal einen Namen haben, geschweige denn ein Heilmittel. Das Einzige, was es hier nicht gibt, sind Herzkranke." „Und was fehlt Dir?", frage ich. „Ich habe meinen Lebensfaden verloren", sagt er trocken.

Ein älterer Mann mit weißem Schnauzbart und Turban hockt auf dem Steinboden. Er hält ein Instrument in seinen Händen, das ich noch nie gesehen habe. Es schaut aus wie eine Bratpfanne mit Saiten. Mit einem Bogen erzeugt er seltsam raunende Töne, die mich jedoch beruhigen. Neben ihm sitzt ein Barbier und wetzt sein Messer. Er zupft am Bart von Jesús und ruft mit strahlendem Gesicht: „Fünf Rupees!“ Zuerst fällt bei Jesús der Bart. Um zehn Jahre verjüngt sitzt er danach in einem Korbstuhl und blickt stumm auf den Ganges. Als das Rasiermesser über meine Kehle gleitet, wird mir mulmig. Kinder lassen sich diesen Anblick nicht entgehen und scharen sich um mich. Der Barbier massiert mir Wangen und Kinn, bespritzt mein Gesicht mit Wasser und wischt es danach ab. Plötzlich spüre ich Jesús neben mir. Er packt mein Handgelenk und drückt es so fest, dass es schmerzt. Der Barbier gibt mir noch eine Kopfmassage und kämmt mein Haar. Nachdem ich ihm sieben Rupees in die Hand gedrückt habe, blicke ich mich um und suche Jesús. Auf dem Korbstuhl finde ich eine Postkarte mit Ganesh, dem fröhlichen Elefantengott. „Lieber Freund, den Weg, der nun vor mir liegt, werde ich alleine gehen. Ich habe keine andere Wahl. Dies ist mein Schicksal. Behalte mich so in Erinnerung,

wie Du mich kennen gelernt hast.“ Der Brief endet mit einem Zitat Mahatma Gandhis: „Sei selbst die Veränderung, die Du in der Welt zu sehen wünschst.“
Die Nationalfahne Indiens flattert im Wind. Im Zentrum der Trikolore ist ein Spinnrad abgebildet, das Symbol für den gewaltlosen Kampf Mahatma Gandhis gegen die britische Kolonialmacht. Ich stehe vor dem geöffneten Fenster meiner Absteige, höre in der Ferne die Klänge der Sitars und Tablas und schaue in die Dämmerung. Es ist ein warmer, klarer Abend. Fledermäuse haben sich an einem Hochspannungsdraht festgekrallt. Auf der Jagd nach Insekten läuft ein Gecko die Zimmerwand entlang. Der Mond steht schon hoch am Himmel und spiegelt sich im Ganges. In den grünen Kugeln einer Lichterkette sehe ich ein Gesicht. Es schaut mich lange an, ohne sich zu bewegen, es sieht zufrieden aus, es ist, als würde es lächeln. Ich bin mir fast sicher, dass er es ist.

Geboren auf Ukerewe

4. Juli 1991

Es dämmert. Über meinem Kopf kreist ein Adler im Aufwind. Er schraubt sich höher und höher, vielleicht, um der einbrechenden Dunkelheit zu entkommen. Ich bin dreiundzwanzig und mit dem Fahrrad in Tansania unterwegs. Heute werde ich in der Nähe eines Fischerdorfes auf der Insel Ukerewe übernachten.
Ich sitze auf einem Felsen und schaue auf den Viktoria See. Der Felsen ist über und über mit türkisen Flechten überzogen, einer umgekehrten Weltkarte gleich, auf der die Meere schwarz sind und die Kontinente türkis. Einige Meter neben mir taucht ein Junge hinter einem anderen Felsen auf. Ich winke ihm zu. Er sieht mich kurz fragend an und verschwindet dann wieder. Plötzlich steht er vor mir: „Brauchen Sie etwas?“ „Nein, nein“, sage ich. „Ich wollte Dich nur grüßen.“ „Woher kommen Sie?“, fragt er. „Ich komme aus einem Land, das doppelt so groß ist wie der Viktoria See.“ Dann erzähle ich ihm von meiner Reise. Ich bin mit dem Fahrrad durch die Massai-Steppe und die Serengeti gefahren. Heute Morgen habe ich die Fähre zur Insel Ukerewe genommen. „Warst Du auch auf Sansibar?“, fragt er. „Ja“, sage ich. „Dort hat meine Reise

begonnen.“ Ich sehe, wie seine Augen leuchten. Dann schaut er in den Sonnenuntergang.
„Ich möchte auch reisen. Mein größter Wunsch ist, das Meer zu sehen.“ „Aber Du bist doch hier am Meer.“ „Nein, überhaupt nicht. Der Viktoria See ist sehr groß, aber er ist kein Meer. Ich möchte an einen Sandstrand, ich möchte das Geräusch der Wellen hören und wissen, ob auch am Ende des Meeres wieder Land ist.“ „Am Ende jeden Meeres ist Land“, sage ich. Der Junge schweigt. Wir schauen der Sonne zu, die immer roter und dunkler wird und in der Tiefe des Sees verschwindet. Eine lückenlose Dunkelheit breitet sich über die Insel Ukerewe aus.
„Wie heißt Du?“, fragt er mich. „Armin“, sage ich. „Ich heiße Tobias, aber erst seit einer Woche.“ Ich schaue ihn fragend an. „Ich bin vor einer Woche getauft worden. Die Weißen Väter haben mir einen neuen Namen gegeben.“ „Wer?“, frage ich. „Die Weißen Väter“, wiederholt er. „Das ist ein Orden. Eigentlich heiße ich Ntulanalwo, was bedeutet: Ich lebe immer mit der Bedrohung durch den Tod.“ Er erzählt mir, dass seine Mutter kurz nach der Geburt an einer Infektion starb. Er ist bei seinem Vater aufgewachsen, einem Fischer, mit dem er jeden Tag auf den See fährt. Sie fangen haupt-

sächlich Viktoriabarsche und Tilapia, die sie in der Stadt Mwanza, am anderen Ufer des Sees, verkaufen. Die Viktoriabarsche werden von dort aus in die ganze Welt geflogen.

In der Ferne sind Trommeln zu hören und ich spüre, wie der aufkommende Wind kalte Luft vom Wasser zu uns weht. „Es ist spät", sagt Ntulanalwo, steht auf und verabschiedet sich mit einem leichten Schlag auf meine ausgestreckte Hand. „Mein Vater wartet auf mich. Kwaheri. Auf Wiedersehen." „Kwaheri." Im Weggehen dreht er sich noch einmal um und ruft: „Wir sehen uns morgen!"

Am nächsten Tag treffe ich ihn auf dem Marktplatz im Fischerdorf Nansio. Ntulanalwo steht am Brunnen. „Jambo! Habari? Hallo, wie geht es?", ruft er mir zu. „Nsuri. Mir geht es gut", rufe ich zurück. Das ist das Einzige, was ich auf Suaheli kann. Wir gehen über den Markt, auf dem Früchte angeboten werden, die ich zum ersten Mal in meinem Leben sehe. Auf den Tischen liegen Kochbananen, Chirimoyas, kleine Auberginen und Papayas. Es gibt helle Datteln am Strauch und Litschies, die aussehen wie Teufelsfrüchte. Dahinter liegen lange Stangenseifen in Weiß, Gelb und Rot wie gefärbte Briketts auf einem Ladentisch. An einem der Nachbarstände stehen Körbe mit fingerdicken getrockneten Teig-

rollen. „Sie sind gut, wenn Du Probleme mit dem Magen hast“, sagt Ntunanalwo. „Man kocht sie in Wasser, sie schmecken toll.“ Wir gehen an einem Stand mit Duft- und Arzneifläschchen vorbei, die in Form einer römischen Festung mit Wachtürmen und Schutzmauern in der Sonne aufgestellt sind. Händlerinnen bieten bunte Stoffhüte an, die aussehen wie ein Dorf kleiner flacher Hütten. Mir fällt auf, dass die Waren ausschließlich von Frauen verkauft werden, während die Männer ausgestreckt in Handkarren dösen.

„Komm, ich möchte Dir etwas zeigen!“ Ntulanalwo nimmt meine Hand und zieht mich in eine Seitenstraße, die zu einem großen Platz führt. Schon von weitem leuchtet eine Coca-Cola Werbung. In der engen Gasse kommen wir an einem Friseur vorbei, der mit großen handgemalten Bildern auf sich aufmerksam macht. Ich grinse beim Anblick der angebotenen Frisuren. Eine der Frauenköpfe erinnert mich an die Schauspielerin Whoopi Goldberg. Bei den Männern kann zwischen vier verschiedenen Frisuren gewählt werden. „Welche Frisur würdest Du mir empfehlen?“, frage ich. „Wie wäre es damit?“, antwortet er, ebenfalls grinsend, und zeigt auf das Bild eines Mannes mit Bürstenschnitt und geschorenem Hinterkopf. Der Marines-Look made in Tansania.

Wir überqueren eine Straße. Auf der anderen Seite sehen wir einen Fernmeldetechniker, der auf einer Holzkiste sitzt. In einem Loch vor ihm liegen unterirdische Leitungen offen, an denen sich Drähte wie zu einem Haarbüschel verknäulen. Andere Kabel liegen lose verstreut um den Rand des Schachtes. Eine Arterie zur Unterwelt. Der Mann überprüft die Leitungen mit einem Messstab, durchtrennt Drähte mit einer Zange und spricht in einen riesigen orangegelben Hörer. Ab und zu kichert er leise und einmal bricht er in ein großes Gelächter aus. Er winkt uns zu sich und gibt uns zu verstehen, dass wir auch telefonieren können. Ich überlege kurz, ob ich nicht meine Eltern anrufen soll. Ich frage ihn, ob eine Verbindung nach Deutschland möglich sei. „Germany? Yes, yes, Germany, hihi", kichert er und schüttelt den Kopf.

Wir setzen unseren Weg fort und kommen auf den großen Platz. „Hier ist es. Wir sind da." Ntulanalwo bleibt in der Mitte des Platzes stehen und zeigt auf eine große Steinkugel. Die Farbe ist an vielen Stellen abgeblättert. Dunkelblaue Stellen wechseln sich mit dem ausgebleichten Zement ab und lassen sie aussehen wie den Globus einer unbekannten Welt. „Siehst Du, lauter unentdeckte Länder." Ich fahre mit der Hand über

die Kugel: „Schau mal, wenn jetzt hier Afrika wäre und in dieser Ecke Tansania, dann wäre Deutschland ungefähr hier.“ „Dann hast Du aber eine lange Reise hinter Dir“, staunt er. „Bestimmt bist Du viele Monate mit Deinem Fahrrad unterwegs gewesen.“ „Ich bin acht Stunden von München nach Dar es Salaam geflogen.“

Ein großer schwarzer Schmetterling setzt sich auf eine Blüte neben die Erdkugel. Ntulanalwo berührt sachte mit seinem Zeigefinger die Flügel. „Als kleiner Junge habe ich mit meinen Freunden gerne Schmetterlinge gefangen“, sagt er. „Alle Farben und Größen. Und wenn wir dann viele beisammen hatten, haben wir sie alle auf einmal in die Luft geworfen.“ Ntulanalwo macht einen Sprung und öffnet seine Arme zu einem großen Halbkreis. „Der ganze Himmel war bunt“, ruft er mit leuchtenden Augen.

Zwischen den Häusern des großen Platzes kann man das bleierne Blau des Viktoria Sees sehen. „Schau mal, siehst Du die Dhau dort?“, sagt Ntulanalwo und zeigt auf ein Boot, dessen Segel wie ein riesiger Schmetterlingsflügel über das Wasser gleitet. Ich nicke. „Die gehört meinem Vater“, sagt er mit Stolz in der Stimme. Ich schaue dem Segelboot hinterher. Was für ein Gefühl das wohl ist, so über das Wasser zu gleiten, denke ich.

KIN

„Warum willst Du eigentlich ans Meer?“, frage ich. „Du bist doch jeden Tag auf See.“ „Ich träume davon, einen Schwertfisch zu fangen. Er muss mindestens doppelt so groß sein wie ich.“ Darüber muss er selbst lachen. „Ich möchte auch endlich lernen, wie die Fische zu schwimmen und die Welt unter Wasser sehen.“ „Aber das kannst Du doch auch hier im Viktoria See“, sage ich. „Nein, Schwimmen kann man hier nicht, das ist zu gefährlich.“ Ntulanalwo senkt den Kopf und blickt mich ernst an. „Mein Vater sagt immer: Omwekenzi akira omulalagurwa. Das ist Kikerewe, die Sprache, die wir hier auf unserer Insel sprechen. Wer sich vor Schaden bewahrt, ist klüger als derjenige, der auf Heilung hofft.“ Er zeigt mir ein vergilbtes Foto seines Vaters. „Im Wasser könnte ich mich infizieren. Mit Bilharziose.“ „Was ist das?“ „Eine tödliche Krankheit, die von Wasserschnecken übertragen wird.“ „Du meinst, wenn Du hier schwimmst, stirbst Du?“ Er nickt.

„Wieso bist Du eigentlich hierher gekommen?“, fragt er mich. „Ich reise auf den Spuren des Schriftstellers Aniceti Kitereza“, sage ich und ziehe ein Foto aus meiner Geldbörse. „Er hat den Roman 'Die Kinder der Regenmacher' geschrieben. Ich habe das Buch gelesen und war begeistert von Herrn Myombekere, Frau Bugo-

noka und ihrem Leben auf der Insel Ukerewe. Ich wusste, ich muss diese Reise machen. Leider hat er die Veröffentlichung seines Buches selbst nicht mehr erlebt." Wir schweigen eine Weile. „Du bist auf Deinem Fahrrad einem Buch hinterhergefahren", sagt Ntulanalwo laut und lacht dabei.
Am Ufer steht ein Mann, der auf einem Klapptisch geröstete Maiskolben anbietet. Daneben schält ein Junge Orangen. Er sitzt hinter einer Orangenpyramide, die genauso hoch ist wie er selbst. Die Schalen kringeln sich wie Schlangen um seine Füße. Auf der gegenüberliegenden Seite sitzen vier Jungen in Schuluniformen auf einem alten Kanonenrohr und blicken den Segelbooten hinterher. Sie haben Plastikröhrchen im Mund und spucken Papierkügelchen um die Wette.
Ich schaue in den weiten Innenhof eines Hauses. In der Mitte des Hofes steht ein alter Schlitten mit geschwungenen Kotflügeln. Er scheint aus den fünfziger Jahren zu sein. Verschiedene Früchte und Gewürze liegen auf der Abdeckung des Kofferraumes. Ntulanalwo schaut mich an. „Kennst Du Gewürznelken?" Er zeigt auf die braunen Knollen, die aussehen wie verbrannte Blütenstängel. „Ja", sage ich. „Ich habe sie überall auf Sansibar gesehen. Meine Mutter benutzt sie mit Zimt zum Ein-

kochen von Birnen." Aus seinen Augen blitzt es. „Komm mit, ich zeige Dir was."
Er nimmt sein Fahrrad und fährt auf einer roten Sandstraße in den Wald, der kurz hinter dem Fischerdorf beginnt. Ich fahre ihm auf meinem Mountainbike hinterher. Links und rechts des Weges sind die Büsche und Bäume so dicht, dass man ohne eine Machete keinen Meter gehen könnte. Wir kommen an ein Türchen aus Maschendraht. Ntulanalwo nimmt die Schlinge, die aus einem alten Fahrradreifen besteht, vom Türpfosten und lässt mich hinein. „Willkommen in meinem Zaubergarten!", sagt er stolz. Ich verstehe nicht. Er hüpft hinter eine sternförmige Pflanze und pflückt etwas von einem Baum. Die sternförmige Pflanze hat blau-graue Blätter und in der Mitte leuchtet eine bernsteinfarbene Frucht. Es ist eine Ananas. In diesem Moment wird mir klar, dass ich noch nie darüber nachgedacht habe, wie eine Ananas eigentlich wächst. Ich sehe, dass ich vor einem Ananasbeet stehe. Es erinnert mich an das Gemüsebeet meiner Eltern.
„Weißt Du, was das ist?" Ntulanalwo hält mir eine kugelförmige braune Frucht hin und streicht mit der Hand über die Schale. „Fühl´ mal", sagt er. Die Schale ist rauh und hat Härchen. Er schält sie und gibt mir das

Fruchtfleisch. „Hier. Probier´ mal!“ Es schmeckt wie Karamell und hat eine klebrige, gummiartige Konsistenz. „Das schmeckt ja wie Kaugummi“, sage ich. „Und diese hier musst Du zerdrücken.“ Er steht an einer Staude und bricht ein paar büschelartige Äste ab. Er nimmt eine der grünen Kugeln und knackt sie mit seinen Fingern. Dann zerreibt er sie zwischen den Handflächen. Sofort beginnt es zu schäumen. „Damit kannst Du Deine Hände waschen.“ Ich nehme auch eine grüne Kugel und reibe sie so lange, bis meine Hände voller weißem Schaum sind. „Hast Du schon einmal einen Zimtbaum gesehen?“ Ntulanalwo zeigt auf einen Baum, nimmt ein Klappmesser aus der Hosentasche und schneidet vorsichtig die Rinde entlang. Ein süßer und zugleich scharfer Geruch breitet sich aus, frischer Zimt, der in meinen Augen brennt. Mir wird beinahe schwindelig, so stark ist er. Ich muss kurz an Milchreis denken, aber auch das ist sehr weit weg.

„Mein Vater sagt immer: Twingene etura mu kanwa, akukira nakukira.“ „Ist das wieder Kikerewe?“ „Ja. Dass wir alle gleich sind, ist nur ein Gerede. Denn im Wissen unterscheiden wir uns.“ „Denkst Du das auch?“ „Ich weiß nicht. Ich möchte jedenfalls so viel wie möglich wissen.“

Die Tage am Äquator sind kurz. In der Ferne höre ich wieder die Trommeln. Die Sonne verschwindet hinter einem Affenbrotbaum. Ohne dass er sich angekündigt hätte, setzt ein warmer Abendregen ein. Ntulanalwo schaut hoch. „Die Wolken sehen ein bisschen aus wie Inseln in einem dunklen Ozean, findest Du nicht?" Ich nicke nur, sehe auf einmal meine Mutter wie sie Bohnenstauden hochbindet und habe einen Kloß im Hals. Vorsichtig lege ich meine Hand auf Ntulanalwos Schulter. „Ganz so weit ist das Meer nicht von Deinem Zaubergarten entfernt."

VELASQUEZ
Crucianelli

Bluthochzeit in Quito

12. Oktober 1992

Quito am Vorabend der Feierlichkeiten zum 500. Gedenktag der Conquista. Es ist schon dunkel. Von den Lichtern der Stadt geht ein seltsam grünliches Flackern aus. Ich stehe am Fenster meines Zimmers im vierten Stock eines Hotels in der Altstadt. Das Hotel heißt „Indioamericano“. Von der Deckenmitte baumelt eine nackte Glühbirne. An der Wand hängt ein Kalenderblatt, der verblassende Druck eines Bildes von Oswaldo Guayasamin, dem bekanntesten Maler Ecuadors. Es zeigt das Antlitz eines Menschen mit scharfen Konturen. Es ist ein trauriges und wehmütiges Bild.

Am nächsten Morgen ist der Himmel über Quito blau. Die Sonne blendet mich, als ich auf die Dachterrasse gehe, die Häuser der Altstadt leuchten, im Hintergrund die Bergkette der Anden, abgeholzt und karg. Ich genieße die Morgenstimmung dieses klaren Oktobertages. Als ich aus dem Hotel trete, sehe ich einen Akkordeonspieler, der neben dem Eingang auf einem blauen Schemel sitzt. Er trägt einen braunen Filzhut mit schwarzem Samtband und eine Sonnenbrille. Er scheint blind zu sein. Rechts neben ihm steht ein Eimer für Almosen. Seit meiner Ankunft spielt er jeden Tag von früh bis spät vor dieser Wand, auf der sich rote Farbe wie eine Blutspur abzeichnet. Über seinem Kopf klebt ein Plakat mit der Aufschrift: „La fuerza a los pobres! Die Macht den Armen!“

Zu meiner Linken bemerke ich eine Frau in einer bunten Seidenbluse. Sie hält die Hand vor ihr Gesicht, um sich vor der Sonne zu schützen. Ich höre, wie sie vor sich hin murmelt. Mit einem lauten Seufzer sagt sie: „Dios mio. Mein Gott.“ Ich frage mich, was sie hat.

Ich spaziere durch die Straßen der Altstadt und weiche den Pfützen aus, die sich beim gestrigen Regen gebildet haben. Weiß gekalkte Häuser. Rote Ziegeldächer. Blaue Fensterrahmen. Über geschnitzten Holztüren verwitterte Skulpturen und schmiedeeiserne Balkone. Immer wieder muss ich schwer bepackten Lastenträgern ausweichen. Arbeiter hasten in ihre Betriebe, Kinder gehen zur Schule, zitronengelbe Taxis rumpeln über das Kopfsteinpflaster, Busse knattern vorbei. Jeder ist in Eile. Eine Rußwolke weht in mein Gesicht und ich muss husten. Schnell verlasse ich die Hauptstraße, die sich wie ein auf- und abschwellendes Band durch Quito zieht, und biege in die nächste Seitenstraße ein.

Bananen hängen wie schwere goldene Lüster von der

Decke einer Verkaufsbude, ihr Geruch erinnert mich an frisch gebackenen Biskuitteig. Ich bestelle einen Orangensaft. Der Verkäufer wirft die Orangen in eine halb automatische Entsaftungsanlage. „Ein Glas Orangensaft, bitte“, höre ich eine Frauenstimme neben mir. Als ich mich zur Seite drehe, erkenne ich die Frau aus dem Hotel. Sie hat dunkle Schatten unter den Augen und eine blasse Gesichtsfarbe. Sie sieht müde aus. „Mal sehen, wie das hier heute ausgeht“, sagt sie zu dem Saftverkäufer. Ich frage mich, was sie meint.

Am Nebenstand werden Tafeln aus gehärteten Kokosraspeln ausgelegt. Auf einer Kiste sitzt ein junger Mann. Er hat einen Filzhut auf, unter dem ein langer schwarzer, bläulich schimmernder Zopf hervorkommt. Ich muss an Kormoranfedern denken. Er kaut auf einem Grashalm und lächelt einer Gruppe junger Frauen zu. Es sieht lässig aus. Die weißen Blusen der Mädchen sind mit Blumenmustern bestickt. Um den Hals tragen sie goldene Ketten und blaugrüne Wollschals als Kopftücher. Eine der Frauen hat einen besonders langen Zopf, der mit einem blauen Band durchflochten ist. Vermutlich sind sie aus Otavalo, einem Bergdorf im Norden von Quito.

Auf der Avenida Sucre treffe ich erneut auf die Frau aus dem Hotel. Sie geht schnellen Schrittes in Richtung

Plaza San Francisco, wohin auch ich unterwegs bin, um das Kloster anzuschauen. Barocke Türme ragen in den Himmel. Die Frau geht in die Kathedrale hinein. Als auch ich durch das Portal gehen möchte, rasen zwei Jungen auf einem selbst gebauten Skateboard so nah an mir vorbei, dass ich erschrecke. Ich fasse instinktiv in meine Jackentasche, obwohl ich weiß, dass darin außer einem Busticket keine wertvollen Dinge sind. Ich schaue ihnen nach, wie sie in der Altstadt zwischen Hauseingängen und kolonialen Kirchtürmen verschwinden.

Die Frau kniet in der vorletzten Reihe der prunkvoll ausgestatteten Kirche. Das Gesicht hat sie tief in ihre Hände vergraben. Sie betet ein Ave Maria. Ihre Hände sind rauh und rissig. Von draußen höre ich ein dumpfes Poltern, ein Rollen, das immer lauter wird und zu einem ohrenbetäubenden Donnern heranwächst. Ich laufe zum Portal, um zu sehen, was draußen los ist. Panzer wälzen sich rasselnd über die Straße. Dahinter marschieren Hunderte von Stiefeln auf nassem Asphalt.

„Sie riegeln die Zufahrtsstraße zum Regierungsbezirk ab“, höre ich eine Stimme. Die Frau aus dem Hotel steht hinter mir. Ich schaue auf die Polizisten mit ihren Helmen und Schlagstöcken, die sich im Halbkreis aufreihen wie

olivfarbene Perlen auf einer schwarzen Schnur. Auf der gegenüberliegenden Seite stehen bereits Soldaten, die sich auf ihre Maschinengewehre stützen, als seien sie Spazierstöcke. „Schauen Sie mal dort hoch", sagt die Frau und zeigt auf einen Balkon. Drei Männer in rostbraunen Hemden und schwarzen Schirmmützen beobachten von dort die Menschen auf dem Platz. Sie scheinen von der Einsatzleitung zu sein. „Einer von denen hat meinen Mann umgebracht", sagt die Frau. Bevor ich etwas erwidern kann, schreit ein Polizist: „Sie kommen!" Ein Teil der Soldaten nimmt die Maschinengewehre hoch und marschiert los. Der Gruppenführer spricht in sein Funkgerät, er gibt seinen Leuten Anweisungen, seine Stimme ist klar und fest.

„Alles ist abgeriegelt. Die Indios haben im ganzen Land den Verkehr mit Blockaden zum Erliegen gebracht", ruft ein Mann mit gekräuseltem Haar, der in die Kathedrale gelaufen kommt. „Dieses Mal werden sie es schaffen. Dieses Mal stürzt die Regierung. Das ist so sicher wie das Amen in der Kirche. Faschisten!" Er bekreuzigt sich.

„Seit 500 Jahren werden die Indios unterdrückt", sagt die Frau. „Zuerst von den Spaniern, dann von den Gringos und ihrer Weltwirtschaft. Jetzt lehnen sie sich endlich auf und kämpfen um ihre Rechte." Sie hält kurz inne und sagt dann leise: „Heute vor zwei Jahren wurde mein Mann ermordet. Am Tag unserer Hochzeit. Wir waren gerade auf dem Weg zum Traualtar."

Ein sehniger Mann mit nacktem Oberkörper kommt auf Stelzen schwankend um die Straßenecke. Sein Kopf steckt in einer roten Dämonenmaske mit spitzen Hörnern. Farbige Wollbüschel auf Filzstengeln krönen die Maske. Es sieht aus wie ein Hahnenkamm. Als er neben uns steht, reißt er seine Arme in die Höhe und schreit: „La fuerza a los pobres! Die Macht den Armen!" Hinter ihm, auch auf Stelzen, ein kostümierter Mann mit Trillerpfeife. Es folgen Frauen und Männer mit Transparenten. Hunderte von Demonstranten hüpfen, tanzen und rufen immer wieder: „Viva la libertad, viva la cultura, vivan los 500 años de resistencia indígena! Es lebe die Freiheit. Es lebe die Kultur. Es lebe der 500 Jahre andauernde Widerstand der Indios." Dabei schwenken sie Fahnen in den Farben des Regenbogens. Ein Meer von Transparenten füllt den Platz. „Resistiendo los 500 años" ist überall zu lesen.

„War Ihr Mann auch ein Freiheitskämpfer?", frage ich die Frau. Sie antwortet mir zunächst nicht. Dann erzählt sie mir von jenem 12. Oktober 1990, als sie mit ihrem

Bräutigam in einer Hochzeitskutsche auf dem Weg zur Kirche war. „Es war kurz vor zwölf“, sagt sie. „Ich weiß es noch ganz genau. Ich hatte gerade auf die Kirchturmuhr geschaut. Ein schwerer Laster kam aus einer Seitenstraße geschossen und prallte gegen die linke Seite unserer Kutsche. Die Stoßstange des Lasters bohrte sich in die Brust meines Bräutigams. Mein Brautkleid färbte sich in Sekundenschnelle rot. Ich wollte ihn nicht loslassen. Alles war voller Blut. Das können Sie sich nicht vorstellen.“ „Und was ist Ihnen passiert?“ „Ich hatte nicht eine einzige Schramme.“ „Was für ein tragischer Unfall“, sage ich. „Nein, das war kein Unfall. Das war ein Attentat, ich weiß das. Mein Mann war in der Gewerkschaft.“

Wir gehen einige Meter über den Platz. Die Demonstranten sind weitergezogen. Ihre Sprechchöre sind aber noch zu hören. Von den Soldaten sieht man nichts mehr. „Wie heißen Sie?“, frage ich. „Ich heiße Anita.“ Tränen laufen ihr die Wangen hinunter. „Seit mein Mann tot ist, ist das Leben so sinnlos. Ich fühle mich so alleine und weiß nicht, was ich machen soll.“

Auf einmal stehen zwei Indio-Mädchen vor uns und fragen nach Süßigkeiten. „Wie sehr habe ich mir mit meinem Mann ein Kind gewünscht“, sagt Anita und gibt

ihnen zwei Kaugummis. „Das sind Salasacas“, erklärt sie und streicht dem jüngeren Mädchen über ihre Haare. „Sie leben am Rande des Urwalds. In der Hoffnung, mit dieser Demonstration etwas verändern zu können, haben sie weite Fußmärsche hierhin zurückgelegt.“ Anita zeigt auf das T-Shirt des älteren Mädchens, auf dem eine Weltkarte zu sehen ist. „Sie haben das Leben noch vor sich. Auch sie möchten einen Platz in der Welt.“

Es ist dunkel geworden. Ein leichter Nieselregen setzt ein und es wird kühler. Ich schlage meinen Mantelkragen hoch und begleite Anita nach Hause. An einem hell erleuchteten Stand bleiben wir stehen und kaufen Bananenchips. „Auch Sie haben das Leben noch vor sich“, sage ich. Anita zündet sich eine Zigarette an und bläst den Rauch in die Nacht. „Das Leben ist gefährlicher als eine Zigarette. Das hat Oswaldo Guayasamin gesagt.“ Anita zeigt ans Ende der Straße und verabschiedet sich: „Dort wohne ich. Vielen Dank!“

Von den Wänden der Häuser leuchten schwache Laternen. Anita verschwindet im Dunklen und taucht immer wieder in einem neuen Lichtkegel auf. Noch weit hallen ihre Schritte auf dem nass glänzenden Kopfsteinpflaster.

Lenin in New York

5. September 2001

Delta Airlines, München - New York. Spätsommer 2001. Das Abendessen an Bord der Boeing 767: Huhn mit Erbsen, bunter Salat, ein gummiartiges Brötchen mit Gouda, Tiramisu und Earl Grey. Der übliche Mix westlicher Esskultur. Ich erinnere mich nicht mehr, woher der Wein kam. Kalifornien, Frankreich, Chile, vielleicht Südafrika, wer weiß das heutzutage schon.
Ich versuche, mich bis zur Ankunft in New York zu entspannen und schaue auf die sich rot färbenden Wolken unter mir. Ein Lied kommt mir in den Sinn:

I saw Lenin standing on the clock,
Vladimir Ilich Ulyanov.
Look at my visa, I look like him.
It´s a wonder that the U.S. let me in.

Es ist die erste Strophe aus dem Song „Good Rain“ von John Watts. Als ich das Stück zum ersten Mal bei ihm in Brighton hörte, fragte ich ihn, weshalb Lenin darin vorkam. Er zeigte mir daraufhin sein Passfoto, und tatsächlich sieht er Lenin auf diesem Bild verblüffend ähnlich.

„Ich habe in New York eine Leninstatue gesehen“, erzählte er mir damals. „Eine Leninstatue? In New York? Warst Du betrunken?“ „Sie steht auf dem Dach eines Gebäudes am Red Square!“ „Am Red Square?”, fragte ich. „Lieber John, der Rote Platz ist so viel ich weiß immer noch in Moskau!“ „Es gibt auch einen Roten Platz in New York!“, sagte John langsam, milde lächelnd, als würde er zu einem Kind sprechen.

Eine Leninstatue in New York? Wie konnte sie Joseph McCarthy, dem Kommunistenjäger, entgangen sein? Und selbst nach dem Ende des Kalten Krieges: Ein Lenin-Denkmal in New York City? Ich konnte es mir nicht vorstellen. Das musste ich mit eigenen Augen sehen.

„Bitte schnallen Sie sich an. Wir landen in wenigen Minuten.“ Die Worte der Stewardess reißen mich aus meinen Gedanken. Ich richte meinen Sitz auf, bemerke, dass meine Füße eingeschlafen sind, und sehe eine Reihe Hochhäuser im Glanz der Morgensonne auftauchen. „Schau mal, Ethel, New York liegt uns zu Füßen!“, sage ich zu meiner Frau, die mit ihrem Kopf auf meinen Beinen liegt. Sie schaut kurz aus dem Fenster und gibt mir einen Kuss: „Ich kann es kaum erwarten, wieder in New York zu sein“, sagt sie. Ethel ist in Matamoros, an

der Grenze zwischen Texas und Taumalipas, aufgewachsen und hat viele Jahre in Boston gelebt.
Am Flughafen J.F.K. mieten wir einen ferrari-roten Chevrolet und brechen auf. Die Kathedralen des Kapitalismus, die beiden Türme des World Trade Center, führen uns durch die verstopften Arterien der Metropole. Über die Brooklyn Bridge gelangen wir nach Manhattan. Nach einem Abstecher zu Wall Street und World Trade Center fahren wir weiter durch die Häuserschluchten von Soho zur East Houston Street. Hier soll also dieser Red Square sein, zumindest laut John.
Wir fahren mehrere Kilometer über die Avenue. Keine Spur vom Roten Platz. Nur Restaurants, Imbissbuden und Bars. Es riecht nach Gyros, Pizza, Falafel und Couscous. Ethel kurbelt die Fensterscheibe herunter und fragt einen Mann mit Schnurrbart und Sonnenbrille, der auf einem Hydranten sitzt, nach dem Weg. Auf seiner Schirmmütze leuchtet der Schriftzug New Yorks in grellem Weiß und Gelb. Er lächelt und pfeift vor sich hin.
Ein Mann mit Nickelbrille kommt näher. Er wirkt wie ein Relikt der Woodstock-Generation. Seine zotteligen verfilzten Haare werden durch ein Stars and Stripes-Stirnband zusammengehalten. Der obere Eckzahn, doppelt so lange wie die anderen, schiebt sich vorwitzig

NEW YORK

über seine Unterlippe. Ich kann sehen, dass seine Zähne verfault sind. Die Finger zum Peace-Zeichen gespreizt, begrüßt er uns: „Hallo Leute, wo kommt ihr denn her?“ Während er spricht, schaukelt er mit seinem Oberkörper vor und zurück und inspiziert unser Nummernschild. „Wir kommen aus München“, antworte ich. „München?“, fragt er zurück. „Wie viele Stunden ist das von hier?“ Da er nach der zeitlichen Entfernung fragt, antworte ich: „Etwa fünfzehn Stunden.“ „Fünfzehn Stunden?” „Wir wohnen in Deutschland.“ „Ach so, Deutschland“, wiederholt er und denkt einen Augenblick nach. „Ist Deutschland nicht ein Satellit der Sowjetunion?“ Wir schauen ihn verwundert an. „Vielleicht denkt er, dass wir aus der DDR kommen“, sagt Ethel, die allmählich ungeduldig wird und deshalb auf unser ursprüngliches Anliegen zu sprechen kommt: „Können Sie uns sagen, wie wir zum Red Square kommen?“ „Red Square?“, grübelt er, während er mit seinem Oberkörper kreist. „Meint ihr vielleicht das Red Square Building? Da seid ihr hier im Prinzip schon richtig. Fahrt die East Houston Street weiter entlang. Nach zwei Blocks seht ihr auf der rechten Straßenseite ein rotes Gebäude“, sagt er und zeigt dabei nach links. Wir bedanken uns. Als ich gerade anfahren will, ruft er: „Könnt ihr mich nicht mit-

nehmen? Ich wohne nämlich ganz in der Nähe."
Der Woodstock-Veteran steigt hinten ein. „Seit einem Jahr habe ich gleich um die Ecke ein Apartment", sagt er. „Bevor ich nach New York kam, lebte ich in San Francisco." Er kramt in seinem Geldbeutel. „Wollt ihr mal sehen?" Er reicht uns ein Foto von der Golden Gate Bridge. „Ich wohnte viele Jahre in der Haight Ashbury." Während er spricht, holt er ein klebriges Bagel aus einer verknitterten Papiertüte. „Das waren noch Zeiten", sagt er mit vollem Mund. „Ein Leben jenseits von diesem verfluchten Konsum und Kommerz. Wisst ihr eigentlich, warum man immer vom amerikanischen Traum spricht?" „Keine Ahnung, warum denn?", fragt Ethel zurück. „Ganz einfach", sagt er. „Weil er so selten Wirklichkeit wird." Er lacht und schmatzt weiter.
Einige hundert Meter weiter ruft er: „Stopp. Hier ist es!" Wir steigen aus und sehen auf dem Dach eines mehrstöckigen Wohnhauses einen ausgestreckten Arm. Darunter eine Turmuhr. Bei ihrem Anblick denke ich sofort an die Filmszene, in der Harald Lloyd hilflos am Zeiger eines überdimensionalen Zifferblatts über den Schluchten New Yorks hängt. „Kommt mit!", sagt der Freak, der Ritchie heißt. „Ich muss euch etwas zeigen." Ethel zögert zuerst. Ihr ist der Typ nicht ganz geheuer.

Zuerst geht es dreizehn Stockwerke mit dem Aufzug hoch, es riecht nach Katze. Über eine Wendeltreppe gelangen wir auf das Dach. Da steht er vor uns: Lenin als steinerne Verkörperung der kommunistischen Ideologie. Den rechten Arm erhoben, scheint er das World Trade Center zu grüßen. Im Sonnenlicht schmiegt sich die Silhouette von New York wie die Schleppe eines Brautkleides um die Türme. „Unglaublich“, sage ich. „Hier steht also Lenin. Mitten in Manhattan.“ „Wer hat ihn hier aufgestellt?“, fragt Ethel. „Der Hausbesitzer hat die Statue Anfang der neunziger Jahre aus Moskau holen lassen“, sagt Ritchie, schiebt seine Sonnenbrille auf die Stirn und fügt wichtig hinzu: „Sie ist sechseinhalb Meter hoch. Der Bildhauer, der sie gemacht hat, heißt übrigens Pjotr Gerasimov.“

„Lenin war ein zynischer Fanatiker“, sage ich. „Er wollte den Sieg des Kommunismus um jeden Preis. In Russland und im Rest der Welt.“ „So einen Typen haben wir jetzt auch in Washington. Einen modernen Kreuzritter mit der Mission, die Welt ins Unglück zu stürzen.“ Ritchie zündet sich einen Joint an. „Bush predigt Demokratie und verkauft dabei Waffen. Er kam durch Ölmultis und Waffenfabrikanten ins Weiße Haus. Alles Wahlbetrug!“, schimpft er und spuckt auf den Boden.

„Ich habe diesen Cowboy aus Texas jedenfalls nicht gewählt."
Sieben Tage später sitzen Ethel und ich in einem russischen Friseursalon in Brooklyn. Hier spricht keiner mehr über Wahlbetrug. Aus dem Fenster sieht man über dem südlichen Teil Manhattans schwarzen Rauch aufsteigen. „Ich werde für Amerika in den Krieg ziehen!", sagt einer der Friseure mit starkem russischen Akzent entschlossen. „Wir werden Osama bin Laden zur Strecke bringen." „Wieso? Du bist doch Russe", sagt Ethel. „Nein, ich bin Amerikaner. Meine Eltern sind aus Russland, aber ich bin in Amerika geboren." Im Friseursalon hängen amerikanische Flaggen. Während meine Haare zu Boden fallen, lässt sich Ethel die Hände maniküren. „Ich weiß gar nicht, warum Männer immer so radikal sein müssen", sagt Ethel und wirft dem Friseur einen bösen Blick zu. „Die einen kiffen und die anderen schlagen sich die Köpfe ein. Lernt ihr denn nie, wohin das führt?"
In der Ecke flimmert ein Fernseher. Bush tritt vor die Presse: „Die Terroristen haben Amerika den Krieg erklärt. Jetzt müssen wir Krieg gegen die Terroristen führen." Alle Augen unter den Wärmehauben sind auf den Bildschirm gerichtet. „Kann mir jemand verraten,

wie er sich das vorstellt?“, fragt Ethel und kommt jetzt erst richtig in Fahrt. An den Friseur gerichtet, sagt sie: „Wenn Du mein Sohn wärst und mit diesem Idioten in den Krieg ziehen wolltest, würde ich Dich übers Knie legen.“ Neben mir taucht ein Gesicht über der New York Times auf. „Sie hat Recht“, sagt der ältere Mann mit Glatze, bei dem ich mich frage, was er eigentlich im Friseursalon sucht. „Will Bush denn die ganze Welt angreifen?“ „Wie meinen Sie das?“, fragt der Friseur. „Terroristen gibt es doch überall, auch hier in Brooklyn“, antwortet der Glatzkopf. „Mich hat man auch schon verdächtigt, ein Terrorist zu sein“, mischt sich ein anderer Kunde ein. „Wieso denn das?“, fragt der Friseur, während er ihm die Lockenwickler vorsichtig aus dem Haar nimmt. „Weil ich nicht so aussehe wie ein Cowboy!“ Der ganze Laden lacht.
Ich denke in diesem Moment an Ritchie und die Statue auf der Dachterrasse des Red Square Building. Lenin steht noch immer dort. Das World Trade Center kann er nicht mehr grüßen.

Ali Baba und die vierzig Gerber aus Fès

15. März 2004

Fès, Stadt der Gerber. Unter dem schummrigen Licht einer tief hängenden Lampe aus dunkelgrünem Glas leuchten bunte Vasen, goldene Ketten und silberne Teekannen. Geschnitzte Packesel in den Regalen, im Schaufenster eine Karawane filigraner Holzkamele. Im Glanz der Spiegel wirkt der Raum wie eine Schatztruhe aus Tausendundeiner Nacht.

Ich sitze an einem Tisch, dessen Platte aus smaragdgrünen Mosaiksteinen besteht, und trinke vorsichtig heißen Pfefferminztee. „Wie bei Aladin und der Wunderlampe", sage ich, als ich aus dem Geschäft in die blendende Sonne trete. Ein junger Mann spricht mich an: „Woher wissen Sie meinen Namen?" Er trägt eine orangene Mütze, ein grünes Hemd und eine hellblaue Kapuzenjacke. Mit freundlichem Lächeln streckt er mir seine Hand entgegen. „Ich heiße Aladin! Es gibt einen Ort, an dem ist alles noch tausendmal schöner." „Wo ist dieser Ort?", frage ich. „Vertrauen Sie mir. Ich zeige Ihnen den Weg. Keiner kennt die Medina so gut wie ich. Ohne mich sind Sie verloren in diesem Labyrinth. Nur schwer findet man hinein und ob man wieder hinaus-

kommt, ist ungewiss“, sagt er und zeigt über das Dächer- und Antennenmeer unter uns, in dem die Satellitenschüsseln sich ausbreiten wie moderne Wabenteppiche. Die grünen Dächer der Moscheen leuchten wie verwunschene Inseln zwischen ihnen hervor.

Ein Mann mit einer bunten Wollmütze hockt vor einem Korb zusammengeschnürter Minzbüschel. Sein Gewand verrät, dass er Beduine ist. Neben ihm preisen zwei Männer Granatäpfel und Melonen an. „Das beste Fleisch der Stadt“, schreit ein Händler mit blutbefleckter Schürze in der Gasse der Schlachter. Über ihm hängt ein Kamelkopf, dem Salatblätter aus beiden Ohren quellen und dem man Minzbüschel ins Maul gesteckt hat. Einige Meter weiter sind die Gewürzstände: Safran, Kümmel, Nelken, Zimt und Ingwer. „Français?“, fragt der Verkäufer. Ich schüttele den Kopf. „English?“, fragt er weiter. Ich nicke. „Do you want to clear your mind?“ Er reicht mir ein Glas mit Ingwertee. Am Nachbarstand werden eingemachte Zitronen, Oliven, Bohnen und Paprika verkauft.

Ausgerechnet vor dem Bild des alten Königs Hassan II. zeigt sich Marokko von seiner süßesten Seite. Kandierte Früchte, Zuckerschnecken und Knuspertaschen lassen mir das Wasser im Mund zusammenlaufen. „Unser

neuer König hat vieles in Bewegung gebracht", sagt Aladin. „Er heißt Mohammed III, wir nennen ihn M3, weil er so modern und fortschrittlich ist. Auch Frauen haben jetzt mehr Rechte als vorher." „Dürfen sie auch wählen?", frage ich. „Natürlich!", antwortet er. „Wir sind ein fortschrittliches Land." Trotzdem sind auffällig viele Frauen auf den Straßen von Fès verschleiert, wie ich bei unserem Spaziergang durch die Suks bemerke.

„Hallo, hallo, hallo", ruft mir ein Händler mit weiß-blau gestreifter Mütze zu. „Ich habe die schönsten Kunstwerke Marokkos!" Er verschwindet hinter einem hellen Vorhang. Als er wieder auftaucht, balanciert er geschnitzte Kamele, Untersetzer und Obstschalen auf seinen dünnen Armen. „Ich mache Ihnen einen guten Preis. Alle Stücke für zehn Dinar." „Nein, vielen Dank." Als ich mit Aladin weitergehe, läuft er mir winkend hinterher. „Okay. Was wollen Sie zahlen?" „Fünf Dinar", sage ich. „Fünf Dinar?", wiederholt er, schaut entgeistert und schüttelt beleidigt den Kopf. „Das ist unmöglich." Aber schon bald blitzt es wieder in seinen Augen: „Was ist Ihr letztes Angebot?", sagt er. „Sechs Dinar." Er winkt ab und springt zur Seite, als ein mit Coca-Cola-Kisten beladenes Pferd auf ihn zukommt. Dahinter transportiert eine Eselkarawane Tierhäute durch die engen Gassen.

„Die Esel sind unterwegs zur Gerberei meines Vaters", sagt Aladin. „Warten Sie nur, bis Sie unser Geschäft sehen. Sie werden Augen machen!" Auf dem Weg durch die Gassen folgt uns ein kleiner Junge mit roter Jacke und Schulranzen auf dem Rücken. „Hast Du schon Deine Hausaufgaben gemacht?", fragt ihn Aladin, als er uns auch noch zehn Gassen weiter an den Fersen klebt. „Nein, warum sollte ich denn Hausaufgaben machen, wenn so viel los ist auf der Straße?", sagt er. „Weil Du sonst den Anschluss verlierst", sagt Aladin und scheucht ihn weg.

Vor einem hellblau leuchtenden Haus bleiben wir stehen. „Wir sind da", sagt Aladin. Über Steinstufen gelangen wir in die verwinkelten Geschäftsräume der Gerberei. Jacken, Taschen, Schuhe, Mützen, Gürtel, Geldbeutel und Kissen hängen von der Decke. Eine Welt aus Leder. Als ich eine Tasche aus dem Regal ziehe, spricht mich der Verkäufer an: „Gefällt Ihnen die Tasche? Ich mache Ihnen einen guten Preis." Ich schaue mich um und kann Aladin nirgends sehen. „Echtes Kamelleder!", betont der Verkäufer. „Nur 300 Dinar." Er nimmt die Tasche und pfeffert sie in die Ecke. „Sehen Sie, was die alles aushält. Einmal gekauft, hält sie ein Leben lang." Eine Stunde, zwei Gläser Tee und ein Seven Up später sind wir bei 200 Dinar angelangt. „Alles Handarbeit“, flötet er und fährt mit der Hand über das robuste Leder. Ich schüttele den Kopf: „Mehr als 150 Dinar ist sie mir nicht wert.“ Der Verkäufer überlegt eine Weile. „Das müssen Sie mit dem Boss besprechen.“

Ich folge ihm durch eine Unzahl von Lager- und Verkaufsräumen in eine kleine Kammer. Aladin sitzt vor einem Fernseher und springt sofort auf, als er mich sieht. „Das ist Ali Baba, mein Vater, er heißt wirklich so!“, sagt er und schaut zu dem bärtigen Mann, der mit einer weißen Schirmmütze hinter dem Schreibtisch sitzt. Er verneigt sich vor mir und fragt: „Möchten Sie einen marokkanischen Whiskey?“ Ich nicke. Aladin erscheint kurz darauf mit einem silbernen Tablett. Aus der Kanne dampft wie immer heißer Pfefferminztee.

Während ich mit seinem Vater über den Preis für die Ledertasche verhandle, zappt sich Aladin durch die verschiedenen arabischen Fernsehsender. Auf einem Kanal sieht man gerade die Moschee Hassan II., ein Bauwerk mit einem riesigen Minarett. Ein anderer Kanal zeigt den Abendmarkt von Marrakesch, über den die Dämpfe der Garküchen aufsteigen. „Sind Sie schon in Casablanca oder Marrakesch gewesen?“, fragt Aladin. Ich schüttele den Kopf. Er zappt weiter. Ein Wirtschafts-

magazin berichtet über die Bauvorhaben von Siemens in Rabat. Al Jazira zeigt ein Interview mit einer Frau, die ihren schwarzen Hut tief über ihr rechtes Auge gezogen hat. „Kennen Sie diese Frau? Das ist Fatima Mernissi, Soziologin an der Universität in Rabat. Sie stammt aus Fès." Dann beginnt Aladin für mich zu übersetzen: „Der stärkste Einfluss auf die moderne arabische Welt ist nicht die Religion, wie viele US-amerikanische Experten behaupten, sondern die Informationstechnologie." Ali Baba nickt, dann schüttelt er den Kopf. „Die Jugend und meine Generation leben nicht mehr auf demselben Planeten." Er gibt mir die Tasche schließlich für 160 Dinar.

„Die junge Generation wünscht sich ein anderes Leben", übersetzt Aladin die Worte von Fatima Mernissi weiter. „Sie jongliert mit unterschiedlichen Meinungen und selektiert aus verschiedenen Kulturen. Tradition spielt keine große Rolle mehr." „Mein Sohn ist auch nicht mehr an der Tradition der Gerber interessiert", sagt Ali Baba. „Stattdessen will er studieren und Fernsehmoderator werden." „Als Journalist werde ich auch über die Arbeit meines Vaters berichten", erklärt Aladin. „Momentan sind meine Lieblingssendungen „Ar-Ray´al-Ahar", „Die andere Meinung", und „Al-Ittigah al-mu´akkis",

„Die entgegengesetzte Richtung". In diesen Sendungen wird immer lebhaft diskutiert, ganz nach den Regeln des gadal, der Kunst der Kontroverse." „Die Kunst der Kontroverse", wiederholt sein Vater abfällig. „Und von der Kunst der Gerber will er nichts wissen."

Ali Baba öffnet das Fenster und zeigt auf eine dunkle Kraterlandschaft. Hunderte von Bottichen reihen sich in einem Innenhof aneinander, der so groß ist wie ein Fußballfeld. „Wissen Sie, wie gegerbt wird?", fragt er mich. Ich schüttele den Kopf. „Man gerbt in sieben Schritten", sagt Ali Baba. „Die Haut wird enthaart, gespalten, gebeizt und in ein Schwefelbad gelegt. Danach legt man die Haut in Öl und natürliche Gerbstoffe. Dann wird sie mit Fett geschmiert und geglättet. Die letzten beiden Stadien sind das Färben und Trocknen." Er zeigt auf Farbbottiche, in denen Arbeiter die Felle mit ihren Füßen walken. Ihre Arme sind bis zu den Schultern dunkelrot gefärbt. Ich beobachte einen Beduinen mit dunkelgrauem Umhang und Kapuze auf dem Kopf. Er sitzt auf einem Mauervorsprung und überwacht die Arbeit der Gerber. Auf den Flachdächern liegen Tierhäute zum Trocknen aufgespannt wie Bettvorleger. „Sie sehen, alles Handarbeit", sagt Ali Baba. Ich bin beeindruckt. Ich hätte nicht gedacht, wie aufwändig es ist,

Leder herzustellen. „Wie alt ist diese Gerberei?", frage ich neugierig. „Diese Gerberei befindet sich schon seit vielen Generationen in meiner Familie. Aber mein Sohn will dieses Handwerk nicht mehr lernen. Können Sie das verstehen?" Ich kratze mich am Kopf.

„Ich muss noch ins Internet-Café!", ruft Aladin und schlüpft in einen typisch marokkanischen, langen Kapuzenumhang. „Ich bin schon spät dran." Ich verabschiede mich von Ali Baba und hänge mir meine neue Reisetasche um. „Ohne Aladin finde ich bestimmt nicht mehr aus der Medina heraus", sage ich. Ali Baba klopft mir auf die Schulter und streicht mit seiner Hand über die Ledertasche. „Die werden Sie Ihr Leben lang haben."

Wir gehen wieder die Treppen nach unten. In der Gerberei kommen wir an einem Arbeiter vorbei, der mit einem scharfen Messer Tierhäute trimmt. „Hier sind wir in der Höhle des Löwen", sagt Aladin und zeigt auf ein Foto von Osama Bin Laden, das an der Wand hängt. „Es gibt Leute, die mit Bin Laden sympathisieren, weil er sich gegen Amerika gestellt hat. Aber sie vergessen, wie viele unschuldige Menschen bei den Terroranschlägen umgekommen sind. Der Islam verurteilt Gewalt."

Aladin erzählt mir, dass er in einem Internet-Café arbeitet, wo er unbegrenzt online sein kann. „Von einem

solchen magischen Schaufenster hätte der Aladin aus dem Märchen nicht einmal träumen können“, sagt er.
„Wie viele Gerber gibt es eigentlich in Fès?“, frage ich.
„Ich weiß nur, dass vierzig alleine für meinen Vater arbeiten. Früher gab es Hunderte. Heute sind es die Satellitenschüsseln, die das Stadtbild prägen.“
Eine Melodie von Cheb Khaled, dem berühmten algerischen Sänger, kommt dünn aus den Falten seiner Dschellaba. Aladin holt ein goldglänzendes Handy heraus und sagt: „Ich bin gleich bei Euch.“ Er begleitet mich zum Ausgang der Suks und verschwindet. Hinter mir schließt sich ein schweres Eichentor.

Der Himmelsbote von Jerusalem

30. März 2004

Für achtzehn Schekel komme ich von Tel Aviv nach Jerusalem. Als ich am späten Nachmittag in den Bus steige, merke ich, dass ich angespannt bin und sich ein Unbehagen in mir ausbreitet. Hinter dem Busfahrer hält eine junge Frau ein Maschinengewehr zwischen ihren Beinen und dreht sich immer wieder zu mir um. Auch der ältere Herr zwei Reihen hinter mir lässt mich nicht aus den Augen. Er scheint mehr mit mir beschäftigt zu sein als mit dem Talmud, den er in seinen Händen hält. Als wir an einem Botschaftsgebäude vorbeifahren, sagt er zu mir: „Sehen Sie die Menschenschlange dort? Die Leute wollen alle raus hier." Ich wundere mich, dass er mich einfach so anspricht. „Israel wäre ein schönes Land, wenn man nicht ständig befürchten müsste, gleich in die Luft gejagt zu werden", sagt er. „Seit der Zweiten Intifada herrschen Angst und Schrecken." Er lehnt sich zurück und schaut wieder in sein Buch. Ich weiß nicht, ob ich noch antworten soll.

Die Fahrt nach Jerusalem dauert nur eine Stunde. Nach dem Aussteigen beginnt der Sicherheitscheck: Hände hoch, Taschen auf, Passkontrolle.

Ich will zum Damaskustor und suche nach einem Taxi. Als ich mein Ziel nenne, schüttelt der Fahrer den Kopf. Ich gehe zum nächsten. Dieses Mal habe ich Glück. „Sie sind heute mein erster Fahrgast aus dem Ausland. Und das so kurz vor Ostern.“ Die Zeitung auf dem Armaturenbrett zeigt ein Foto von Scheich Yassin, einem Führer der palästinensischen Hamas, der vor einer Woche von der israelischen Armee getötet wurde. Bevor ich aussteige, frage ich noch: „Können Sie mir sagen, warum sich Ihr Kollege geweigert hat, mich hierhin zu fahren?“ „Wahrscheinlich, weil das Damaskustor der Eingang zum muslimischen Viertel ist. Hier kommt man nicht mehr her, wenn man nicht muss.“

Die Straße Tariq el Wad führt mit vielen Stufen in die Altstadt hinunter und ich komme nach 200 Metern ans österreichische Hospiz. Es ist die wohl bekannteste Herberge für christliche Pilger in Jerusalem. „Sie sind heute unser zweiter Gast“, werde ich freundlich begrüßt. „Normalerweise sind wir über Ostern total ausgebucht. Aber die jüngsten Terroranschläge haben alle Touristen verschreckt.“

Am nächsten Morgen wache in einem großen Schlafraum auf. Nur ein anderes Bett ist belegt. Mein Blick aus dem Fenster fällt auf eine Leine, an der zerrissene blau-

weiße Fahnen mit dem Davidsstern flattern. Ich wundere mich darüber, dass im muslimischen Viertel israelische Fahnen so demonstrativ aufgehängt werden.
Mein Zimmergenosse kommt im Schlafanzug aus dem Bad. Die Zahnbürste noch im Mund steuert er direkt auf mich zu und stellt sich neben mich ans Fenster: „In Jerusalem befinden sich die heiligen Stätten von drei Religionen, hier siehst Du sie alle auf einen Blick: die Tempelmauer der Juden, die Grabeskirche der Christen und den Felsendom der Moslems." Die Zahnpasta tropft ihm auf den Schlafanzug. „Ich bin übrigens der Olaf. Ich bin Historiker, Du kannst mich gerne was fragen, wenn Du etwas nicht weißt." „Putzt Du Dir die Zähne immer so lange?"
Er fährt sich unbeeindruckt durch seine strubbeligen Haare. „Die Klagemauer ist unterhalb des Felsendoms, da, siehst Du sie?", sagt er und zeigt mit der Zahnbürste auf die Moschee mit der goldenen Kuppel. „Der Felsendom ist nach der Kaaba in Mekka und Mohammeds Grab in Medina das bedeutendste Heiligtum des Islam." „Und wo genau ist die Grabeskirche?", frage ich. „Die befindet sich im christlichen Viertel der Stadt", sagt er und deutet in westliche Richtung. Dann dreht er sich zufrieden um und schlurft zurück ins Bad.

Als ich aus dem Hotel gehe, stoße ich beinahe mit einer Gruppe israelischer Soldaten zusammen. Am Damaskustor, hinter den Zinnen und Türmchen, patrouillieren ebenfalls Soldaten. An der Via Dolorosa spricht mich ein Mann in Jeans und T-Shirt an. „Brauchen Sie einen Reiseführer?“, fragt er mich höflich. Ich danke ihm für sein Angebot, lehne aber ab. Er lässt sich nicht beirren und redet einfach weiter: „Ich heiße Mosab, bin Historiker und kenne hier jeden Ziegel. Bei meiner Geburt vor zweiundzwanzig Jahren war Ihr Hotel ein Hospital.“ Ich beachte ihn nicht weiter und setze meinen Weg fort. Vor einer Mauerinschrift bleibe ich stehen. Sie weist auf die vierte Station des Kreuzweges hin. „Hier traf Jesus seine Mutter“, sagt der junge Mann. Ich drehe mich irritiert um. „Was wollen Sie von mir?“, frage ich ihn. „Nehmen Sie es mir nicht übel, wenn ich Sie begleite. Was soll ich auch den ganzen Tag tun? Sie sind nun mal weit und breit der einzige Tourist. Den anderen kenne ich schon. Den hatte ich gestern.“
Auffällig ruhig ist es in der Altstadt. Viele der Geschäfte in der Via Dolorosa, in der sich sonst Touristen auf die Füße treten, haben ihre Rollläden heruntergelassen. Vor einem der wenigen geöffneten Läden steht ein Händler und spricht mich in gebrochenem Deutsch an: „Guten

Morgen, junger Mann! Woher kommen Sie? Möchten Sie etwas trinken?“ Ein Junge kommt mit zwei Gläsern Tee. „Sehen Sie sich mal an, was diese Schurken hier angerichtet haben!“ Er schiebt mich in seinen Laden. Der ganze Boden ist voller Scherben. Zwischen umgestoßenen Regalen liegen Vasen, Heiligenbilder und Kruzifixe auf dem Boden. „Sie waren schon wieder da.“ „Wer war da?“, frage ich. „Na die, die hier das Sagen haben.“ „Wer hat denn hier das Sagen?“ „Diese Drecksjuden, die uns aus unserem Viertel vertreiben wollen.“ Er schimpft noch lange weiter.

Vor der Kirche Johannes des Täufers komme ich ins Gespräch mit einem Teppichhändler. Er trägt ein Palästinensertuch und fragt mich sofort nach meiner Nationalität. „Deutscher“, antworte ich. „Warum müssen wir Palästinenser den Kopf für das hinhalten, was diese Nazischweine an den Juden verbrochen haben?“, sagt er wutentbrannt. „Welches Recht hatten die Juden, in ein Land einzufallen, das sie doch schon über 2000 Jahre nicht mehr bewohnen?“ Ich bin überrascht und weiß nicht, was ich sagen soll. Auf so viel Bitterkeit und Hass bin ich nicht vorbereitet. „In diesem Land haben doch immer auch Juden gelebt“, wende ich vorsichtig ein. Er lässt meine Antwort nicht gelten.

Unter seinem T-Shirt holt er ein Lederband hervor, an dem ein silberner Schlüssel hängt. „Das ist der Schlüssel meines Hauses, in dem alle meine Vorfahren gelebt haben. Wie lange soll ich noch darauf warten, endlich wieder auf meinem Grund und Boden zu stehen?"

Mein Reiseführer mischt sich ein: „Warum sind die israelischen und palästinensischen Regierungschefs nicht so schlau wie Saladin?" „Was meinst Du?", frage ich. „Als Saladin im Jahr 1187 Jerusalem eroberte und die Armee der christlichen Kreuzfahrer besiegte, verwandelte er Hass und Gewalt in Frieden." „Wie denn?" „Ganz einfach. Saladin hat auch den Besiegten Geld und ein Dach über dem Kopf gegeben. Keiner, der Arbeit und ein Zuhause hat, wird es leichtfertig aufs Spiel setzen." Der Teppichhändler schüttelt nur mit dem Kopf und verschwindet wieder zwischen seinen Teppichen.

Ich denke noch darüber nach, wie man die Strategie Saladins heutzutage umsetzen könnte, als Mosab zu mir sagt: „Entschuldige. Ich habe zu viel über Politik geredet. Lass uns weitergehen. Ich zeige Dir jetzt die Grabeskirche." Wir gehen die Via Dolorosa weiter entlang. Überwachungskameras verfolgen jeden unserer Schritte. Wir gelangen auf den Vorplatz der Grabeskirche. „Auf dem Golgotafelsen haben sich alle christ-

lichen Feldherrn, die jemals hier gewesen sind, mit einem Bauwerk verewigt", erklärt Mosab. Eine verwirrende Ansammlung von Kapellen, Klöstern, Kreuzen und Altären drängt sich auf engstem Raum so zusammen, dass man fürchten muss, sie stoßen sich gegenseitig um.

Wir kommen an einen Kontrollposten. Auch hier heißt es: Hände hoch, Taschen auf, Passkontrolle. Wir betreten das jüdische Viertel. „Bist Du eigentlich Jude?", frage ich Mosab. „Nein, ich bin palästinensischer Israeli."

Ich schaue mich um. Im Gegensatz zum muslimischen Viertel sind die Häuser hier größtenteils frisch gestrichen. „Vieles von dem, was Du hier siehst, ist noch keine dreißig Jahre alt", erklärt Mosab: „Bis 1967 war das jüdische Viertel nahezu unbewohnt, da die Altstadt zwanzig Jahre lang unter jordanischer Herrschaft stand. Erst nach dem Sechstagekrieg hat man mit dem Wiederaufbau des jüdischen Stadtteils begonnen."

In der Nähe der Klagemauer sehe ich einen orthodoxen Juden an einem öffentlichen Fernsprecher. „Ob der wohl einen direkten Draht zu Gott hat?", frage ich. „Ich glaube, er hat eher eine heiße Nummer zur Unterwelt gewählt", antwortet mein Reiseführer und grinst breit.

„Aber jetzt einmal im Ernst: In Jerusalem hat jeder seine eigene Leitung zu Gott. Hier schlagen sich die Leute die Köpfe ein, wenn es darum geht, wer Gott am nächsten ist.“

Vor der Klagemauer erstreckt sich eine Fläche aus Sandsteinplatten, die so groß ist wie ein Fußballfeld. Es ist kein Ort der Stille. Presslufthammer reißen den Boden auf, Sprechchöre von Demonstranten übertönen die Gebete der Gläubigen. Frauen und Männer bewegen ihren Oberkörper vor und zurück, während sie beten, streng nach Geschlecht getrennt. Als wir den abgegrenzten Bereich betreten, werden uns Kippas aus Pappe in die Hand gedrückt. Ohne Kopfbedeckung darf niemand an die Mauer treten. Während die Leute der Mauer ihre Wünsche und Sorgen anvertrauen, bin ich damit beschäftigt, meine Kippa einzufangen, der Wind weht sie mir ständig vom Kopf. „Seit Neuestem graben die Juden auch unterirdische Leitungen zu Gott“, sagt Mosab. Ich schaue ihn verblüfft an. Er zeigt auf einen alten Mann. „Er bewacht den Eingang zum Tunnelsystem entlang der Klagemauer. Die Ausgrabungen der Juden sorgen seit einigen Jahren für Ärger bei den Muslimen. Einige von ihnen gehen sogar so weit, Steine vom Tempelberg auf die Betenden an der Klagemauer zu werfen.“

ציון
אפשא
פ"נ
האשה החשובה והנכבדה
הרבנית מרת
בלימה מלכה ע"ה
ברייאר
בת הרה"ח
ר' נחום מורגנשטרן
אשת הגה"ח

Über Tempelberg und Kidrontal erreichen wir das Gräberfeld am Westhang des Ölbergs. „Wer hier die letzte Ruhe finden will, muss 25.000 US-Dollar hinlegen“, erklärt Mosab. „So viel Geld für so wenig Platz?“, sage ich und zeige auf die schmalen Steinsärge. „Ich hätte darin Platzangst.“ „Das muss man wohl oder übel in Kauf nehmen“, sagt Mosab. „Es geht schließlich darum, zur richtigen Zeit am richtigen Ort zu sein. Am Jüngsten Tag werden zuerst die auferweckt, deren Gräber die beste Lage haben.“ „Dann müsste ja der Boden unter dem Hotel Interconti der begehrteste Platz sein“, wende ich ein. „Es steht an der höchsten Stelle des Ölbergs.“ Mosab hebt die Schultern. „Weißt Du, dass die Nacht dort zurzeit nur vierzig US-Dollar kostet statt 250? Es kommt doch niemand mehr.“

Vom Hotel Intercontinental aus sehen wir in südöstlicher Richtung einen Teil der neuen Betonmauer. „Sie ist acht Meter hoch und soll die Leute aus Abu-Dis von Jerusalem fernhalten“, sagt Mosab. „Eine Pufferzone für eine Stadt in Angst.“

Wir gehen zur Getsemanikirche. Die Straße, die sonst Touristenbusse verstopfen, gehört jetzt einem alten Mann und seinem Esel. „Mein Esel hat Liebeskummer“, sagt der alte Mann. „Er hat sich in eine Eselin auf der

anderen Seite der Mauer verliebt. Aus Protest gegen die Mauer bewegt er sich nicht von der Stelle."
Als wir die Kirche betreten, flüstert mir Mosab ins Ohr: „Den Gläubigen erkenne ich an seinen Schuhen. Ob Boots oder Birkenstock, ich weiß sofort, an welchen Gott er glaubt." Aus dem Fenster über dem Altar haben wir einen guten Blick auf die Altstadt von Jerusalem. „Weißt Du, dass es hier allein dreißig unterschiedliche christliche Konfessionen gibt? Es gibt die Römisch-Katholischen, „Lateiner" genannt, Orden wie die Franziskaner, Dominikaner, Benediktiner und Jesuiten. Dazu kommen die Griechisch-Orthodoxen, die Arabisch- und Russisch-Orthodoxen, syrische Jakobiten, Protestanten und Anglikaner." „Und die willst Du alle an ihren Schuhen erkennen?" „Natürlich. So steht es schließlich doch auch in der Bibel, oder?", sagt Mosab grinsend. „Ich kann mich auf jeden Fall auf jeden dieser Christen einstellen. Jeder bekommt von mir die Geschichte, die er hören will." „Also bist Du auch der Meinung, dass es keine absolute Wahrheit gibt?" „Ist doch klar, wer zahlt, schafft an."
Zurück im jüdischen Viertel kommen wir an einer Galerie vorbei. Während ich die Bilder und Karikaturen betrachte, spricht mich der Maler misstrauisch auf

Englisch an: „Are you from Germany?“ Ich nicke. Er wechselt ins Deutsche: „Ich habe 1935 meine Heimat verlassen und Frankfurt erst vor wenigen Jahren wieder besucht. Wenn das hier so weitergeht, muss ich mir ernsthaft überlegen, nach Deutschland zurückzukehren. Bald ist auch hier kein Platz mehr für uns Juden.“

Wie eine Festung wirkt das Jüdische Viertel. Maschendraht, Mauern und Maschinengewehre so weit das Auge reicht. „Ein Freund von mir will hier ein neues Leben beginnen“, sage ich. „Ja, diese Stadt hat einen besonderen Zauber, aber wir tun alles, um ihn zu zerstören“, sagt Mosab unglücklich.

Über den Dächern Jerusalems glänzt die goldene Kuppel des Felsendoms, umgeben von Satellitenschüsseln, die wie umgedrehte Sonnenschirme aussehen. Unten im Basar klingelt ein Mobiltelefon in der Melodie von „Stairway to Heaven“. Mosab blinzelt in die Sonne und sagt: „Heute glauben viele nur noch an die Technik. Als ob die uns schneller in den Himmel bringt.“ „Willst Du denn in den Himmel?“ „Ich weiß nicht“, sagt Mosab. „Wenn es dort so zugeht wie hier, dann muss ich mir das noch überlegen.“

Die Holzvampire von Hunedoara

9. Juni 2004

Strommasten weisen uns den Weg durch den Nebel, der auf den Wiesen und Dörfern liegt wie ein zarter Schleier. Es ist ein Morgen wie vor zehn Jahren, als ich das erste Mal nach Hunedoara fuhr. Auf den Straßen sah ich fahle und verstaubte Gesichter. Rostbraune Wolken verdunkelten die Stadt. Fabrikschlote bliesen so viel Eisenstaub und Ruß in die Luft, dass eine fingerdicke Schmutzschicht jedes Fensterbrett und jeden Grashalm bedeckte. Diese Erinnerung hätte mich davon abhalten können, erneut in diese Stadt zu fahren. Als ich im Juni 2004 wieder durch Rumänien fahre, möchte ich herausfinden, was sich in Hunedoara verändert hat. Dieses Mal bin ich mit Carmen unterwegs. Sie arbeitet als Lektorin an der Universität in Cluj.

Die Fahrt nach Hunedoara führt über Straßen, die so oft ausgebessert worden sind, dass sie aussehen wie eine blaugrau gescheckte Tarnhose. Auf den Feldern arbeiten die Bauern noch mit Sense und Sichel. Eine trügerische Idylle. Alle 200 Meter stehen Menschen an der Straße und versuchen, etwas zu verkaufen: Paprika, Tomaten, Erdbeeren, selbst gehäkelte Decken und handgearbeitete

Schachbretter. „Lass uns Käse kaufen“, sagt Carmen, als sie am Straßenrand einen Käsestand entdeckt. Dahinter steht ein Mann mit schwarzem Filzhut, der die Form eines riesigen Fingerhutes hat. „Du und Dein Käse“, sage ich und halte an. Carmen ist Vegetarierin und ernährt sich fast ausschließlich von Käse. Während der Händler verschiedene Käsesorten auf einem Messer durchs Wagenfenster reicht, schiebt sich eine Bäuerin mit großem Strohhut vor ihn und schlägt zwei Gläser aneinander: „Sehen Sie? Beste Qualität. Echt Kristall!“ Ein kleiner Junge mit Schirmmütze rupft Grashalme aus, pfeift auf ihnen und schaut neugierig zu. Der Kampf zwischen Käse und Kristall endet unentschieden. Am Ende haben wir beides im Auto und die Händler ein zufriedenes Lächeln im Gesicht. „Na, wie ist der Käse?“, frage ich. „Köstlich. Wirklich köstlich“, antwortet Carmen.

Wir fahren weiter und kommen nach Tîrgu Jiu, einer Stadt im Banat. Neben Plattenbauten sticht ein Monument wie ein überdimensionaler Kinderbleistift in den Himmel. „Ist das nicht die endlose Säule?“, sagt Carmen und zeigt aus dem Fenster. Erst als wir näher kommen, bin ich mir sicher. „Ja, stimmt. Ich habe gelesen, dass sie zu den zehn bedeutendsten Kunstwerken des 20. Jahrhunderts zählt. Wie heißt der Bildhauer doch gleich?“ „Constantin Brâncuşi“, sagt Carmen. „Er stammte aus dieser Gegend, ging aber schon früh nach Paris.“ „Auch heute wünschen sich viele Rumänen, im Ausland zu arbeiten“, sage ich. „Sie sehen im eigenen Land keine Perspektive.“

Nach mehrstündiger Fahrt erreichen wir die Stadtgrenze von Hunedoara. Ein Schild mit der Aufschrift „Drum în lucru“ ist das erste, was mir auffällt. Ich denke erst, es bedeutet „Herzlich Willkommen“ oder „Kühe kreuzen“. Erst als ich sechs Bauarbeiter sehe, die einen Teerwagen über die Straße von Loch zu Loch ziehen, wird mir klar, dass es um die Baustelle gehen muss. Ich rieche den heißen Teer, er riecht süß, es ist ein Geruch, den ich mag. Hinter einer Kurve ist die nächste Baustelle. Zwanzig Männer stehen um ein einziges Loch im Asphalt herum. Als wir vorbeifahren, unterbrechen sie die Arbeit und schauen unserem deutschen Kennzeichen lange hinterher. „Die wundern sich wohl, was wir hier wollen“, sagt Carmen. „Schau mal, Armin, was für ein kurioses Paar.“ In einer ungeteerten Seitenstraße ist ein Mann mit seinem Schwein unterwegs. „Vielleicht geht er lieber mit dem Schwein als mit seiner Frau spazieren“, sagt Carmen. „Wahrscheinlich, weil es

nicht so viel redet“, sage ich. Mann und Schwein kommen direkt auf uns zu. „Können Sie uns sagen, wie wir zum Schloss von Hunedoara kommen?“, fragt Carmen. Der Mann lächelt nur und zeigt mit einem Weidenstock in unsere Fahrtrichtung. Als ich losfahre, ruft er: „Drum bun! Gute Reise!“ „Anders rauschen die Brunnen, anders rinnt hier die Zeit“, zitiere ich aus der „Siebenbürgischen Elegie“ von Meschendörfer, einem Dichter aus dem letzten Jahrhundert, und versuche Eindruck zu schinden.

Es herrscht eine merkwürdige Atmosphäre. Kerzenförmige Schlote greifen neben Plattenbauten in den Himmel, auf Erdhügeln blühen kleine violette Blumen und ein Ball liegt neben einer Pfütze, als wären die Kinder, die hier gespielt haben, plötzlich verschwunden. Wir durchqueren eine Geisterstadt aus verlassenen Industrieanlagen und unbefahrenen Zugschienen. Auf der Bahnschranke ist eine Vorrichtung für Kerzen angebracht. Sie erinnert mich an einen Wachturm. Ich kann mir nicht vorstellen, dass hier Menschen leben. Genauso wenig, dass in dieser Stadt ein so schönes Schloss steht, dass es ohne weiteres als Kulisse für Dornröschen dienen könnte.

Die Straße schlängelt sich jetzt in engen Kurven, unser

Auto rumpelt über das Kopfsteinpflaster. Ich hätte die Stoßdämpfer doch noch vor der Reise auswechseln lassen sollen. Da erscheint sie. Eine Festung aus dicken Mauern und spitzen Türmen. Auf der Zugbrücke lauert kein Drache. Ein Mann steht dort in weißem Hemd, ich schätze ihn auf fünfzig Jahre. Auf seinem Kopf sitzt einer dieser schwarzen Filzhüte. Er winkt uns, dass wir zu ihm kommen sollen. Außer meinem parkt dort weit und breit kein Auto. Als wir aussteigen, läuft er uns bereits entgegen. „Möchten Sie einen Dracula kaufen?“, fragt uns der Mann und ich schaue auf seinen Walrossbart, der an manchen Stellen schon grau zu werden beginnt. „Nur 20.000 Lei.“ Das ist nicht einmal ein Euro, überschlage ich im Kopf. „Jeden Morgen komme ich hierher und schnitze bis zum Sonnenuntergang“, sagt er und schält mit dem Messer eine Vampirnase aus dem Holz, die seiner eigenen ähnelt. Er murmelt etwas Unverständliches vor sich hin. Dann schaut er wieder hoch, setzt eine bedrohliche Miene auf und spricht mit betont tiefer Stimme: „Wenn ich sie nicht verkauft bekomme, treiben sie hier nachts ihr Unwesen.“ Ein anderer Mann, der wie aus dem Nichts hinter uns aufgetaucht ist, lacht laut und zeigt dabei seine goldenen Zähne. Carmen beugt sich über eine Reihe von Holz-

scheiten, die auf der Mauer neben dem Mann liegen, und stößt einen spitzen Schrei aus. Unter buschigen Brauen blitzen kleine schwarze Äuglein hervor und aus roten Lippen ragen lange spitze Eckzähne. „Das sind ja alles Vampire.“ Meinem Patenkind könnte ich damit noch einen gehörigen Schrecken einjagen, denke ich und kaufe einen, der grimmig schaut.

Es scharen sich immer mehr Menschen um uns. „Früher habe ich Kochtöpfe, Milchkannen und Drachen für Dachrinnen gedengelt“, fährt er fort. „Ich bin nämlich Kesselflicker. Jetzt schnitze ich Draculas, weil die Touristen sich Rumänien so vorstellen. Wenn Ausländer in unser Land kommen, machen sie aus jeder Sehenswürdigkeit gleich ein Draculaschloss.“

Im Gras liegt ein Köcher aus Fichtenrinde. „Was ist das?“, frage ich. „Da ist Schafskäse drin, mein Proviant für heute. Wollen Sie probieren?“ Mit dem Messer, mit dem er seine Draculas schnitzt, schneidet er zwei Scheiben ab und reicht sie uns. Carmens Augen leuchten.

Da es inzwischen dunkel wird, beschließen wir, den Hügel hinter dem Schloss hochzugehen, von wo man die beste Aussicht hat. Vor zehn Jahren hatte ich dort ein Foto gemacht. „Ich komme mit“, sagt der Schnitzer und hält uns seine Hand hin. Sie ist zerfurcht und kräftig.

„Karpatenhände!“, sagt er und lacht. „Ich heiße übrigens Ion.“
Wir gehen los. Ein halb zugewachsener, steiniger Weg führt steil nach oben. Ich fange schnell an zu schwitzen. Wir kommen an einem Mann vorbei, der auf einer Gasflasche sitzt wie Münchhausen auf seiner berühmten Kanonenkugel. Hinter uns hören wir plötzlich ein lautes Bellen. Ein Mischling mit schwarz-weißem Fell rennt mit wedelndem Schwanz auf uns zu und springt an Ion hoch. Er läuft neben uns her, bis wir oben angekommen sind und legt sich dann neben uns ins Gras.
Ich ziehe ein Foto aus der Tasche, auf dem ich vor zehn Jahren das verwirrende Nebeneinander von Ritterromantik und Industriezeitalter festgehalten habe und reiche es Ion. Die Aufnahme zeigt Fabriken, die wie Drachen vor der Zugbrücke lauern und zwei Schimmel, die auf der Schlossweide lustlos an rußigen Grasbüscheln knabbern.
Ion erzählt uns, dass das Schloss im 14. Jahrhundert vom transsilvanischen Herrscher Hunyadi erbaut und später mehrere Male restauriert wurde. Er beschreibt einen Brand durch Blitzschlag, der das Schloss im 18. Jahrhundert nahezu vollständig zerstörte, so lebendig, als ob er ihn selbst erlebt hätte.

„Den größten Schaden am Schloss und unserer Stadt hat die Diktatur angerichtet“, schimpft er. „Als die großen Industrieanlagen gebaut wurden, färbten sich die Schlossmauern schwarz. Damals hingen nur noch dunkle Wolken über dem Tal. Ich selbst musste unter Ceaușescu Gleise verlegen, zwangsverpflichtet.“

Ich betrachte das Tal mit dem Schloss durch die Linse meiner Kamera und drücke auf den Auslöser. Die Pferde sind dieses Mal nicht auf dem Bild, ein junger Mann mit einer Wolljacke, die ihm bis zu den Kniekehlen hängt, hat sie gerade von der Wiese geführt. Die Industrieanlagen stehen immer noch, aber ein Teil der maroden Fabriken ist inzwischen abgerissen. Statt des Dröhnens der Hochöfen hören wir das Rasseln metallener Räder auf einer Betonstraße, die parallel zum Hügel verläuft. Kinder sausen dort mit umgebauten Eisenwaggons wie in Seifenkisten den steilen Abhang hinunter. Es riecht nach frisch gemähtem Gras.

„Es hat sich also doch etwas verändert in diesem Land“, stelle ich fest. „Was wird sich wohl in Hunedoara in den nächsten zehn Jahren tun?“, frage ich Ion. „Die Zukunft liegt in unserer Hand“, sagt er und zeigt uns wieder seine großen Karpatenhände.

„Wovon träumen Sie?“, fragt Carmen. Er schaut etwas

verwundert, als ob er diese Frage zum ersten Mal in seinem Leben hören würde. „Ich meine, was wünschen Sie sich für Ihre Zukunft?“ Er überlegt eine Weile, wiegt den Kopf hin und her und sagt dann: „Es könnte auch schlechter kommen.“ „Wünschen Sie sich manchmal, an einem anderen Ort zu leben?“ „Nein“, sagt er bestimmt. „Hier bin ich zu Hause. Hier sind meine Frau und meine Kinder. Und nur hier kann ich meine Draculas verkaufen.“ Er lacht dabei über beide Ohren.

Langsam wird es kühl auf dem Hügel. Der Hund steht auf und hält seine Schnauze in die Luft, als ob er eine Witterung aufgenommen hätte. „Ich glaube, morgen gibt es Regen“, sagt Ion, zieht die Augenbrauen zusammen und deutet auf das Schloss: „Manchmal stelle ich mir vor, wer die Menschen waren, die dort wohnten.“

Auf dem Rückweg kommen wir an einem weiß getünchten Haus mit einem großen Pflaumenbaum vorbei. Ion begrüßt die Frau, die auf einer Holzbank vor dem Haus sitzt und mit einem Holzlöffel in einem wuchtigen Kessel rührt. „Da bist Du ja endlich!“, ruft sie. „Es gibt Mămăliga.“ „Ihr seid natürlich auch eingeladen“, sagt Ion und bittet uns herein.

„Sie haben hier ja ein wahres Gruselkabinett“, sagt Carmen, als wir im Garten stehen, und zeigt hoch zum

Giebel. Ein Drachenkopf mit aufgerissenem Maul thront dort am Ende einer Dachrinne. „Das ist mein ganzer Stolz“, sagt Ion. Auch auf der Hausmauer liegen gedengelte Ungeheuer Kopf an Kopf. Ion packt einen Kupferkopf und streicht ihm über die Nüstern. „Bevor ich Draculas schnitzte, war ich Spezialist für Hausdrachen“, sagt er und lacht wieder laut.
Seine Frau teilt das Abendessen aus. In großen Holztellern dampft der Maisbrei. Zur Mămăliga gibt es Tomaten, Lauchzwiebeln, Weißbrot und ein Glas frische Ziegenmilch. „Das ist unsere Kleinste“, sagt Ion und zeigt auf ein Mädchen, das wie ein Gartenzwerg neben dem Tisch im Gras steht. Ihre Füße stecken in roten Gummistiefeln, die am falschen Fuß gelandet sind. Immer mehr Kinder laufen herbei. Ob sie wohl alle zur Familie gehören, überlege ich kurz. „Auf dass wir uns bald wiedersehen!“, sagt Ion und wir prosten uns mit einem selbst gebrannten Pflaumenschnaps zu.
Als wir uns vom Draculaschnitzer Ion und seiner Familie verabschieden, sehe ich viele Reihen sorgfältig aufgeschichteter Holzscheite neben der Hausmauer. „Morgen verwandelt sich dieses Holz in Vampire“, sagt Ion und hebt die Hand zum Abschied.
Wir kommen wieder ins Tal. Ein Mann taucht vor uns

auf. Er hat ein Pferdehalfter in der Hand und trägt einen Strohhut. Das Licht der untergehenden Sonne lässt die Strommasten perlmuttfarben leuchten. Der kleine Dracula in meiner Hand sieht in diesem Licht gar nicht mehr grimmig aus. Er wirkt eher neugierig, wie ein Kind.

Armin Pongs

GESELLSCHAFT X

In welcher Gesellschaft leben wir eigentlich?

Individuum und Gesellschaft
in Zeiten der Globalisierung

Band 1, 2 und 3

ISBN: 3-9805822-7-2
ISBN: 3-9805822-5-6
ISBN: 3-9805822-6-4

DILEMMA
VERLAG

Armin Pongs

WELT RISIKO LAGE

In welcher Welt wollen wir leben?

Nationalstaat und Demokratie
in Zeiten der Globalisierung

Band 1

ISBN: 3-9805822-8-0

DILEMMA
VERLAG